100個傳家故事

快樂王子不快樂

林武憲、陳木城、管家琪、劉思源、王文華
施養慧、許榮哲、洪淑苓、陳素宜　等｜合著
KIDSLAND 兒童島｜繪

序一

閱讀與美德培養

張子樟　青少年文學閱讀推廣人

細讀當代臺灣兒童文學名家撰寫的這些「傳家故事」，令人想起二十世紀九十年代初，美國雷根時代的教育部長班奈特（William J. Bennett）編選的《美德書》（*The Book of Virtues：A Treasury of Great Moral Stories*）一書。這位教育學者竭盡全力，從世界經典名著中，蒐集能讓讀者產生勵志作用，從而展現和培養珍貴恆久的美德的故事。

為什麼班奈特要賣力的去做這件辛苦工作？因為他發現，現代父母教育子女的方式有些偏差現象，只重視子女未來的成就，因此教養重心幾乎全放在教導子女如何在學業、運動場上或職業場上與他人競爭，把子女的成就放在一切之上，卻不管（或忽略）孩子的禮儀或品德。

在班奈特看來，父母只教育子女追求私益，而忽略了道德教育，會使得子女未來必須處在一個更不安全、更不幸福的社會中求生存。身為教育家，他特別重視品德教育，開始從世界經典名著中，蒐集能讓讀者產生勵志作用，從而展現及培養珍貴恆久的美德的故事。《美德書》全書分為十大主題：自律、憐憫、責任、友誼、工作、勇氣、毅力、誠實、忠誠、信仰。

所謂美德，見仁見智，只要是正向的都是。前臺灣大學精神科醫師宋維村在為《漢聲精選世界成長文學》系列撰寫的序文中，提到少年人格成長的必備十大品德：勇氣、正義、愛心、道德、倫理、友誼、自律、奮鬥、責任、合作。對照之下，他的說法與班奈特的重疊頗多，足以證明中外學者都想藉由文學作品，做為品德教育的輔助，在潛移默化中，提升讀者的品格。

《100個傳家故事》每篇作品的篇幅雖不長，卻都隱含前面提到的一種以上的美德，非常適合親子閱讀。父母應該與子女一起共讀這些好故事，並且鼓勵孩子說說他們細讀後的感受。父母要謙卑細聽孩子的一言一語，千萬不要插嘴中斷孩子的想法，然後再回頭詳細剖析故事的內涵；在不動聲色的討論中，潛移默化的功能會發揮無遺，影響孩子一生的處世待人方式。

如果不想讓孩子成為二〇〇七年諾貝爾文學獎得主英國女作家萊辛（Doris Lessing, 1919-2013）口中的「受過教育的野蠻人」（the Educated Barbarians），鼓勵孩子大量閱讀這類名家書寫的優秀作品，是不二法門。

序二

好故事，是傳家寶

馮季眉
字畝文化社長兼總編輯

不久前，字畝文化邀請了四十位優秀的臺灣兒童文學作家，共同採集聽過或讀過、印象深刻的好故事，將這些故事以當代的語言改寫重述，提煉濃縮為八百字的短篇，讓好故事繼續流傳。

故事的篇幅設定為每篇八百字左右，這長度正適合兒童利用零碎時間閱讀，隨時隨地都能享受閱讀的樂趣。而閱讀或講述一篇八百字故事，約需五分鐘，因此也很適合親子共讀、床邊故事、校園晨讀，或是做為說故事及朗讀的素材。故事取材沒有設限，一本故事裡，可以讀到童話、寓言、神話、民間故事等不同的文類，故事來源則涵蓋古今中外的兒童文學名著、未經書寫的口傳故事，可以帶領小讀者穿越時空、出入古今。這種閱讀體驗，相對於閱讀一本單一主題的書，更富變化也更新鮮有趣。這就是第一套「最新八百字故事」：《111個最難忘的故事》的誕生過程。

這個編輯企畫，透過不同世代的作家，進行故事採集。採集而來的故事，既多樣化又十分精采好看。有位媽媽讀者說，這套故事喚醒她的童年閱讀記憶，忍不住和孩子搶著看，重溫故事帶來的快樂。有位爸爸驚喜的說，在這套書裡找到「失聯已久的老朋友」，因為其中有許多故事是他童年的良伴。還有家長告訴我們，他們很高興孩子有機會讀到爸媽小時候讀過的故事，孩子們讀得津津有味，故事成了世代間交流的觸媒。

「最新八百字故事」企畫之初，就設定這是可以長期進行的書系，因此，再接再厲推出第二套「最新八百字故事」，以「傳家故事」為主題，邀請最會講故事的作者群，再度聯手為小讀者獻上《100個傳家故事》。

何謂「傳家故事」？就是適合說給孩子、孫子聽的故事，值得推薦給下一

代的故事。這些故事，蘊含了我們深信是孩子們需要學習、應該擁有的特質，如：生活的智慧、危機處理的機智，幽默、樂觀、寬容、愛心、樸實、尊重、勇敢等特質，以及幻想、冒險、探索等能力。如果你想給孩子一樣傳家寶，就給他這套故事吧，孩子從中萃取的智慧與品德，才是真正的傳家寶。

目錄

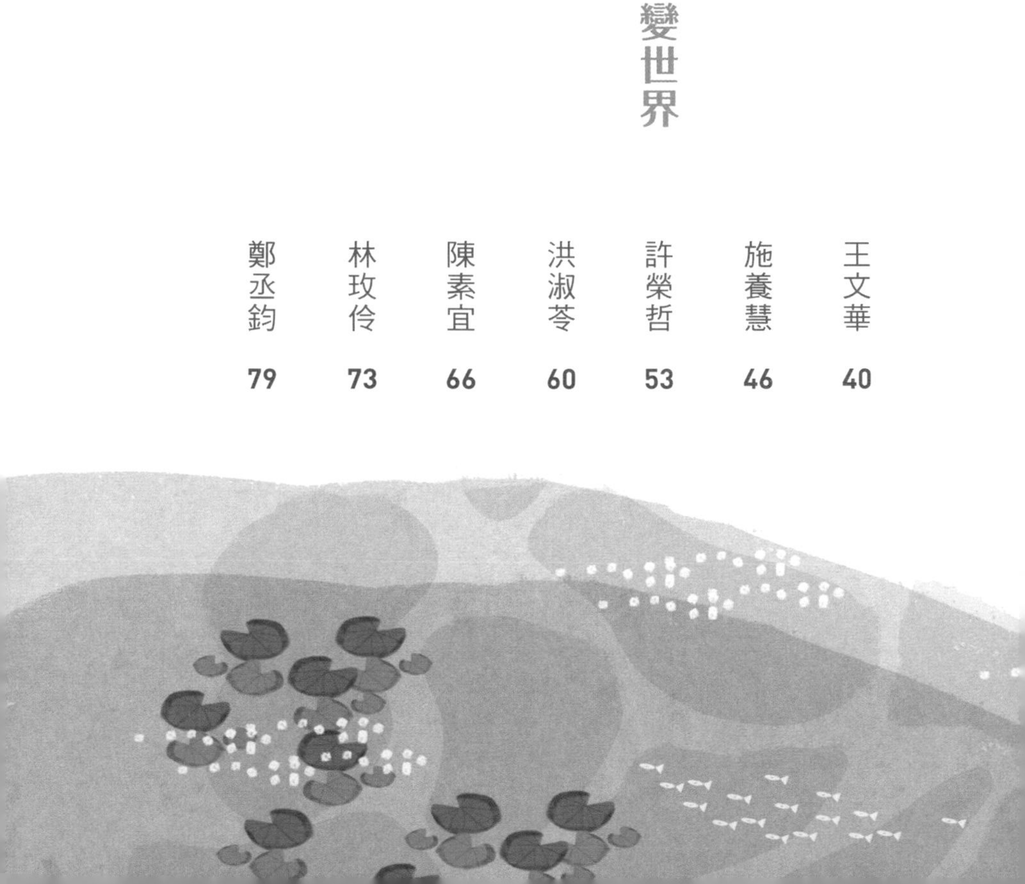

快樂王子不快樂

林武憲
・改寫自王爾德（愛爾蘭）故事集

在一個很遠很遠的城市，廣場上矗立著快樂王子的銅像。王子身上貼滿薄薄的金葉片，他的眼珠子是兩顆藍寶石做的，寶劍的柄上鑲著紅寶石，抬頭看到王子的人都會讚美他。

有一天晚上，一隻小燕子來到城市上空，尋找落腳的地方，牠看見王子的銅像，心想：「太好了！今晚我就在銅像腳下過夜吧。」牠正要入睡的時候，一顆大水滴「答」的一聲掉下來，接著又一滴，落在燕子身上。

「下雨了嗎？」燕子抬頭往上看，王子的眼裡充滿淚水，在月光下順著金色的面頰流下來……

「你是誰呢？」

「我是快樂王子。」

「那你為什麼哭呢？」

王子回答：「從前，我活著的時候，無憂無慮的，大家都叫我『快樂王子』。現在，我在這麼高的地方，城裡的窮苦、醜陋，看得一清二楚。雖然我的心是鉛做的，還是忍不住哭了。」

「你看，那邊街上破房子裡，有一個瘦小的女工，她的孩子生病發燒，吵著要吃橘子，母親卻只能給他水。你可以把我的紅寶石送去他們家嗎？我的雙腳固定在石座上動不了。」

小燕子本來不願意，可是看到快樂王子憂傷的面容，心軟了下來，還是答應了。小燕子銜著紅寶石，飛啊飛進破房子，把紅寶石放桌上。

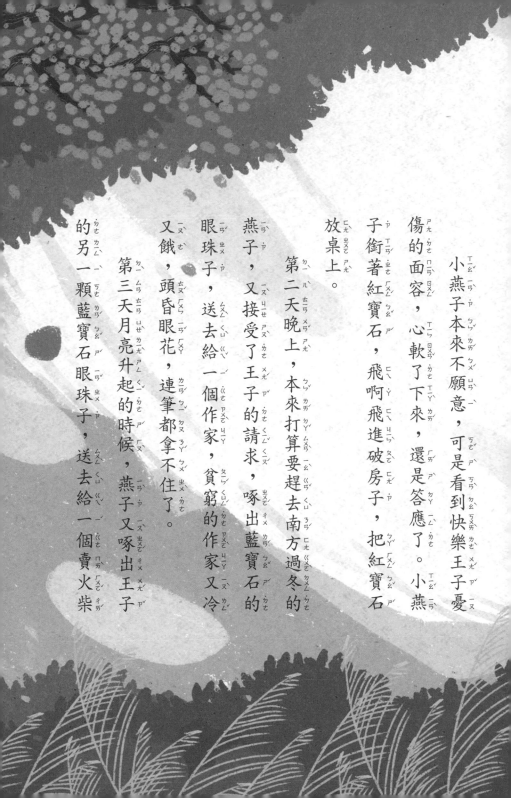

第二天晚上，本來打算要趕去南方過冬的燕子，又接受了王子的請求，啄出藍寶石的眼珠子，送去給一個作家，貧窮的作家又冷又餓，頭昏眼花，連筆都拿不住了。

第三天月亮升起的時候，燕子又啄出王子的另一顆藍寶石眼珠子，送去給一個賣火柴的女孩。女孩因為火柴掉進水溝裡，不能賣錢，不敢回家，急得哭了起來。

燕子又回到王子身邊，說：「王子啊，你已經看不見了，我要留下來當你的眼睛。」

第四天晚上，小燕子又接受王子的哀求，剝下王子身上一片又一片的金葉片，送到乞丐、流浪漢、瘦男孩手裡。

下雪了，整個城市變成銀色世界。小燕子愈來愈冷，牠知道自己快死了，用盡最後一點力氣，飛上王子的肩膀，親了王子的嘴唇，說：「再見了，我親愛的王子！」說完就跌落在王子腳邊，死了。這時候銅像忽然發出「喀

擦」一聲，像是什麼東西裂開了。原來是王子的心破裂成兩半。

第二天早上，市長下令把灰暗難看的銅像拆掉，送進火熱的熔爐裡。說也奇怪，燒了很久很久，王子的鉛心就是鎔化不了，後來被丟進垃圾堆裡，和小燕子在一起。

不久，天使來了，把快樂王子破裂的鉛心和僵硬的燕子撿起來，抱在懷裡，帶去天堂。快樂王子和小燕子從此過著快快樂樂的日子。

傳家小語

這個故事，寫王子為了幫助很多窮人，不惜犧牲自己，讓別人快樂；別人快樂了，他也獲得永恆的祝福和真正的快樂。他真正的快樂，不是以前的吃喝玩樂，而是來自於幫助別人，給人們溫暖、歡笑。

故事傳承人

林武憲，致力於詩歌創作、文學評論和語文教育研究。編著有《無限的天空》、《台語囝仔歌　月光夜市過新年》及國臺語教材等一百多冊，有些作品譯成英、日、韓、德、西班牙、土耳其文，有國內外作曲家譜曲；也編入臺灣、香港、新加坡、中國大陸的各級教材和《美洲華語》。

誠實的種子

陳木城・改寫自民間故事

從前有一個國王，非常照顧他的子民，受到全國人民愛戴。可是，他年紀很大了，又沒有子女，他決定選一個適合的人來繼位。於是，國王接受宰相的建議，挑選一個誠實的年輕王子來繼承王位。國王詔告天下，邀請各國的年輕王子前來。

這一天，各地被邀請的年輕王子都聚集在王宮。國王給每個人發

了一包花種子，一個花盆，讓他們把種子種在花盆裡。並宣布：「三個月後，誰能用這些種子培育出最美的花，誰就是我的繼承人。」

三個月過去了，王子們依約來到王宮，他們一個個都捧著一盆盛開的花，有紅的、有黃的、有紫的、有白的，每一盆都花枝招展，真是百花齊放，香氣撲鼻，好像一場盛大的花展。

每個王子看到國王過來了，紛紛上前炫耀自己的成果，充滿自信的說：「尊敬的國王陛下，讓我獻上我最美麗的花，才配得上國王的尊貴。」「我種的花，是用牛奶澆灌的，請國王聞聞看，還有濃郁的奶香呢！」「國王，你看看，我的花上還有蜜蜂和蝴蝶，連牠們都迷上了我種的花。」「偉大的國王，讓我用最美麗的花朵編織成最燦爛的皇冠，歌頌您！」

可是，國王看著這些孩子，卻皺起了眉頭，一句話也不說，顯得很不開心。他邊走邊看，發現一個年輕王子手裡捧著一個空花盆，低著頭站在那裡，看來很沮喪。國王走過去，問他：「孩子，你怎麼捧著個空花盆啊？」那位年輕的王子慚愧的掉下眼淚，說：「我把花種種在花盆裡，每天用心澆水，晚上搬進屋裡怕它受寒，白天搬到屋外曬太陽，可是種子怎麼也不發芽。我……我只好捧著空花盆來了。」

國王聽了，高興的把他拉起來，邀請他到王宮裡，告訴他說：「你就是我要找的人了，你是一個誠實的孩子，一定可以做一個好國王，請你和家人住進王宮裡，我要開始教你怎麼治理這個國家。」

「可是，我沒有把國王的種子種出來呀？」王子很不解的說。

國王說出了種子的祕密。原來，

發給王子們的花種子都是煮過的，怎麼可能發芽、開花呢？國王告訴王子：「種子是誠實的，但不是每個人都是誠實的，我只好用誠實的種子，幫助我找到一個真正誠實的人。」

傳家小語

誠實，是最好的策略。這是這個故事給我們的正面答案。

可是，誠實真的是最好的策略嗎？有多少人因為誠實而吃了大虧？因此選擇了欺騙，甚至，撒了一個謊，還需要更多的謊話來遮掩。

故事中，有很多撒謊的王子，他們都把煮過的種子種出花來了，而且在國王面前大言不慚。世界上，這種人還是很多的。國王用心良苦採用了這個方式，要選出誠實的人，彰顯了誠實的價值。

孩子，在最關鍵的時候，你選擇誠實嗎？

故事傳承人

陳木城，兒童文學作家，歷任小學教師、主任、督學、校長，退休後從事生態、科技工作，曾任生態農場總經理、教育科技公司執行長。喜歡讀書寫作，創建新的事物，除了演講寫作，也擔任全球華文國際學校推動籌設等工作。

李寄斬蛇

管家琪・改寫自民間故事

從前，有一個地方出現了一條蛇精，百姓都深以為苦。就在縣官焦頭爛額的時候，巫祝急忙跑來報告，說蛇精託夢給她，表示想要吃十二、三歲的小女孩，還說如果不答應，就要給大家一點顏色瞧瞧！

縣官十分猶豫。偏偏不久果真莫名其妙發生了好幾起天災，巫祝又言之鑿鑿的表示蛇精再次託夢叫她轉達，說這都是牠做的，如果再不滿足牠的要求，還會有更大的災難！

縣官只得下令去窮人家或是罪犯家徵求一個少女，到了八月初祭祀的時候，送到蛇精的洞口。

這樣一連過了九年，說也奇怪，在這九年當中，地方上真的太平得很，既沒發生什麼天災，也沒發生什麼蛇精害人的事。

直到這一年，官府怎麼也找不到合適的少女。眼看祭祀的日子就要到了，就在官府上上下下都急得不得了的時候，一個名叫李寄的少女，瞞著家人主動來到官府，說她得知找不到少女獻祭的事，願意自告奮勇。

居然有這樣人格崇高的少女，願意自我犧牲來拯救大家！官府裡人人都大喜過望，直想立刻就把李寄送到蛇洞去！

李寄卻說：「別急，請給我一些麵粉和蜜糖。」

她用這些材料做了好多又香又甜的糕餅，然後又要求給她一把鋒利的寶劍，以及一隻不怕蛇的狗。眾人火速把這兩件事都辦妥之後，把李寄往蛇洞一送，就忙不迭的全跑了。

李寄手腳麻利的把那些香噴噴的糕點堆在洞口，然後就握緊寶劍、牽好狗狗，小心翼翼的躲在一旁。

洞裡的蛇精聞到糕餅香味，很快就無聲無息的游了出來。果真是一條超級大蛇。李寄屏住呼吸，告訴自己一定要鎮定，然後

趁著蛇精吃糕餅的時候，她抓準時機，先放狗去攻擊蛇精，緊接著自己也咬牙鼓足勇氣衝出來，一邊狂喊，一邊揮著利劍朝著蛇精拼命亂砍一通！

這條為害當地多年的蛇精，就這麼被李寄給砍死了！

李寄大著膽子走進蛇洞，發現了九個頭骨，顯然都是屬於之前那九個可憐的少女。李寄把她們拿出來合葬，感慨道：「唉，你們為什麼不敢反抗呢？就是因為你們膽小懦弱，才會被蛇精給吃掉啊！」

從此，當地就再也沒有蛇精作怪的事了。

傳家小語

「你們為什麼不敢反抗呢？」在古老的民間故事裡，居然能看到一個這麼勇敢的少女李寄，真是令我印象深刻。

是的，面對困境的時候，束手無策永遠是死路一條，放手一搏或許還能找到生機。

故事傳承人

管家琪，兒童文學作家，曾任《民生報》記者，後專職寫作至今。目前在臺灣已出版創作、翻譯和改寫的作品逾三百冊，在香港、馬來西亞和中國大陸等地也都有大量作品出版。曾多次得獎，包括德國法蘭克福書展最佳童書、金鼎獎、中華兒童文學獎等等。

作品曾被譯為英、日、德及韓等多國語文，並入選兩岸三地以及新加坡的語文教材。經常至華語世界各地中小學與小朋友交流閱讀與寫作，廣受歡迎。

年獸

劉思源・改寫自民間故事

年獸一直是個謎樣的動物。

傳說中牠是隻獨角獸，頭如獅、壯如牛、力大無窮。牠的行蹤也無法捉摸，有人說牠藏在深山裡，有人說牠住在大海底，日夜沉睡，一睡就是一整年，但每年最後一天，牠會從沉睡中醒來，到處找東西吃。

因為餓了很久，年獸不管碰見什麼動物，見一個吞一個，連人類也不放過，直到天亮才心滿意足的踱回老巢，再度沉睡。

這一年又到年尾了。

有個村子年年被年獸侵擾。

「唉！打不過，只好躲。」村長天剛亮便挨家挨戶的叫門，催促大家趕著牲畜一起去山上避難。村子裡只剩一位老婆婆，她年紀大，走不動，沒法上山，只能躲在家裡。傍晚時門口響起敲門聲，老婆婆拉開一道門縫往外瞧。門外是位老乞丐，披著又破又舊的棉袍，手裡拄著一根破竹杖。

「好心的大姐，請給我一點東西吃。」老乞丐在風雪中打哆嗦。

老婆婆趕忙開門讓老乞丐進來，並準備吃食。「下個餃子吧。」老婆婆拿起菜刀、嘟嘟嘟的剁肉剁菜，又擀皮又包餡，煮了一大盤餃子給老乞丐，叫他吃完趕快走，免得撞見年獸。

老乞丐卻毫無懼意，說：「不要怕，老婆婆。我保證把年獸趕走。」

他向老婆婆要了些紅紙和紅布，把紅紙貼在大門上，紅布披在身上，接著在房裡點上燭火，在院子裡生起火堆。他請老婆婆繼續剁菜，聲音愈大愈好。

半夜時，年獸果然來了！

牠一邊吼一邊衝來，但剛踏進院子就聽到

打鼓般的剁菜聲，而且到處是紅色，在火光的照射下，牠的雙眼好像被千萬根火針扎著、燒著。

年獸大叫一聲，摀住眼睛和耳朵，倒在地上翻滾。原來牠長年窩在寂靜幽暗的地方，不僅眼睛怕光、怕鮮豔的紅色，耳朵更受不了吵雜的聲響。

「年獸，快滾！」老乞丐邊喊邊把手中的竹杖扔進火堆裡。

劈劈啪啪！竹子碰到火，發出一連串猛烈的爆炸聲。年獸嚇得跳起來四處逃竄，牠全身鬚毛著火，又熱又疼，匆匆逃走。老乞丐跟著追過去。

這時天已亮，村民們陸續回來，看到老婆婆還活著，都驚訝極了，老婆婆便把經過告訴大家。從此每年的除夕夜，家家戶戶都會包餃子、貼紅紙、燃爆竹，年獸再也不敢來！

傳家小語

「過年」是中國最重要的傳統節慶，這個故事傳述了過年的意義和由來——只要大家平安熬「過」了「年」獸這一關，便是最大的喜事和幸事，一定要互相大聲說「恭喜」，而貼大紅春聯、放鞭炮等習俗也由此延伸而來。更重要的是，藉由一位平凡小人物（老婆婆）的憐憫之舉，體現「人性本善」、「善有善報」的文化價值觀。

故事傳承人

劉思源，職業是編輯，興趣是閱讀，最鍾愛寫故事，一個終日與文字為伴的人。目前重心轉為創作，走進童書作家的行列中。

出版作品近五十本，包含《短耳兔》、《愛因斯坦》、《阿基米得》、《狐說八道》系列等。其中多本作品曾獲文建會臺灣兒童文學一百推薦、好書大家讀年度最佳少年兒童讀物獎，並授權中、日、韓、美、法、土、俄等國出版。

愛地巴

王文華・改寫自民間故事

很久很久以前，西藏有個名叫愛地巴的年輕人，這年輕人有一棟很小很破的房子，耕一塊很小很貧瘠的農地。

愛地巴的脾氣好，見了人總是笑咪咪的，唯一讓人不解的是，農田裡的工作那麼忙，他竟然還有空就去農田裡跑步。

「愛地巴，休息啦。」

「都下雨了，你還跑啊。」

村裡人問他，他揮揮手，不管狂風暴雨還是下大雪，大家經常見他繞著自家的屋子田地跑呀跑。

跑完了，他就坐在田邊直喘氣。

這真是太奇怪了。

「怪人啊。」

「沒錯，真是個怪人啊。」

村裡的人笑他，愛地巴生氣了？不，他跳起來，又在雪地裡跑呀跑。

沒錯吧，就是個怪人。

怪人愛地巴，工作比別人勤奮，賺了錢，不是買地就是蓋屋。

奇怪的是，不管愛地巴的房地有多大，愛地巴還是常繞著自家屋子、田地跑呀跑……

日子一天又一天，一年又一年，愛地巴漸漸老了，這時，他的田地已經十分廣闊了，房屋更是一棟一棟連成一大片。年紀這麼大了，他偶爾還是會去自家土地繞一繞，他繞的方法很奇怪，只繞自己家的屋子和田地，從不踩在別人的土地上。

年紀這麼大的愛地巴跑不動了，拄著拐杖，艱難的繞著自己家的田地跟房子，一圈一圈又一圈，好不容易，等愛地巴走完三圈，太陽都下山了。

愛地巴的孫子在家裡等不到他，尋到了田邊：「爺爺，你何必繞著咱們家的屋子和田地轉？」

愛地巴看看他的孫子，忍不住笑了：「孩子啊，爺爺是在消氣啊。」

「消氣？」

愛地巴點點頭：「爺爺年輕時，常常發脾氣，那時啊，我只要心裡一冒火，就會繞著田地跑三

圈。我邊跑邊告訴自己，愛地巴呀愛地巴，你的屋子這麼小，你的田地這麼少，你哪有時間、精力去生氣呢？這麼想一想，氣就消了，節省下來的時間就可以用來工作啊。」

孫子不太明白，問：「爺爺，既然如此，你現在有這麼多的屋子，這麼大片的田地，你是這裡最富有的人，你為什麼還要繞著房子和田地走呢？」

愛地巴摸摸他的頭：「爺爺現在還是會生氣啊，一生氣，到自己的田地、房屋去走一圈，我就告訴自己，愛地巴，愛地巴，你的房屋這麼多，田地這麼遼闊，你又何必跟人計較呢？一想到這兒，氣就消了。」

傳家小語

我很慶幸，自己在很年輕的時候聽了這故事，往後，在我努力工作、成家立業的階段，愛地巴總在適當的時候出現在腦海裡，那個一生氣就開始繞田地跑的老爺爺，他處理情緒的有趣方法，陪我經歷過不少衝突、憤怒的時刻。

當你生氣時，與其大吼大叫，還不如跟著愛地巴爺爺，邊跑邊想：「生氣值得嗎？」跑完了，氣消了，身體也健康了。你看，這是不是很有智慧的方法呢？

故事傳承人

王文華，國小教師，兒童文學作家。平時的王文華忙著讓腦袋瓜裡的故事飛出來，也要忙著管他那班淘氣的學生，他喜歡到麥當勞「邊吃邊找靈感」，那時，他特別有感覺，可以寫出很多特別的故事。

曾獲國語日報牧笛獎、金鼎獎等獎項。出版《十二生肖節日系列》繪本、《我的老師虎姑婆》、《可能小學的歷史任務》等書。

鎖麟囊

施養慧
·改寫自京劇《鎖麟囊》

才剛離家，她就開始想家了。

薛湘靈穿著鳳冠霞帔，戴著珠寶首飾，嬌滴滴的坐在花轎裡。她望著手裡的大紅錦囊，上面繡著一隻銀藍色的麒麟。

「這鎖麟囊祝你早日喜獲麟兒。」出閣前，她娘親說。

打開錦囊，裡面滿是金銀珠寶。「爹娘真是太疼我了！」她想。

今天是她的大喜之日，要不是途中遇到大雨，花轎也不會暫停在這春秋亭內。

「嗚……嗚嗚……」

淅瀝的雨聲中，傳來隱約的啜泣聲。

「梅香，去看看是誰在哭？」

「小姐，」梅香回報，「這亭內還有一頂花轎，哭的是那位新娘，她在感嘆自己的貧苦無依……」

薛湘靈掀開花轎的簾子，看著對方簡陋的轎子，心想：「同樣是新娘，我擁有這麼多，她卻是孤身一人。」

「梅香，把這鎖麟囊交給她，說是我送她的新婚禮物。她若問我姓名，不必告訴她。」

「小姐！」

「我的珠寶夠多了，分她一點，她就可以安穩的過日子了，快去吧！」

過了片刻，梅香回來說：「小姐，她說一定要知道恩人的大名。」

「啟程！」轎夫喊道。

「請她別多禮，我們都該趕路了！」湘靈說完，兩頂轎子從此各奔東西。

薛湘靈婚後過著幸福的日子，不料六年後家鄉淹大水，將她一家沖散了，身無分文的她四處漂泊，輾轉進了盧家當保母。

有一天，湘靈照顧的小主人，將球扔到禁止進入的房內，她拗不過小主人的懇求，只好進房。

「喀答！」門開了，「這……」湘靈的淚水奪眶而出，「這是我的鎖麟囊呀！」廳前供著的，正是她的鎖麟囊。想起從前幸福的日子，

「嗚……嗚……」

盧夫人聞聲而至。

「對不起，夫人，我是幫來少爺撿球的。」

「不怪你，你在哭什麼呢？」

「我……我有個一模一樣的鎖麟囊。」

「哦，可否借我看看？」

「我送人了。」

「這麼重要的東西，怎麼會送人？」

薛湘靈說起當年的往事，談起那個下雨的日子，兩人交會的春秋亭……

「恩人啊！」盧夫人躬身一拜說：「我就是當年受您大恩的趙守貞啊！」

趙守貞當年靠著鎖麟囊起家，始終感念著鎖麟囊的主人。命運終於安排她巧遇恩人，她不僅幫湘靈一家團聚，更贈與半數家產，助湘靈重振家業。

傳家小語

《鎖麟囊》是劇作家翁偶虹的作品，也是京劇名篇。劇中有貧富兩家小姐的對比，還有「施恩不望報」與「受恩不忘報」的對照。

自古錦上添花易，雪中送炭難。一點善念，或許可以改變他人，甚至自己的一生。

故事傳承人

施養慧，臺東大學兒童文學研究所畢業。致力於童話創作，因為童話是最浪漫的一種文類，不僅讓凡人上山下海，也讓人間成了有情世界。曾獲臺東大學兒童文學獎，已出版《傑克，這真是太神奇了》、《好骨怪成妖記》、《338 號養寵物》、《小青》等書。

衷心認為，兒童是國家的希望，也是最純真的人類，可以為他們寫作，是莫大的幸福與榮耀，希望一輩子寫下去。

愛因斯坦如何改變世界

許榮哲・改寫自真實故事

愛因斯坦在科學上的成就非常驚人，然而這並不是他廣為人們所熟知的原因。那到底是什麼？答案是愛因斯坦太會說故事了，他能把複雜的東西，用最生動的語言說出來。用他自己的話來說就是「如果你不能簡單說清楚，就是你沒完全明白」。

舉個例子，什麼是無線電？

對以前的人而言，無線電既摸不到，也看不到，它太抽象了。愛因斯坦卻可以用簡單一句話來形容它：「無線電」就像一隻身體很長、很長、很長的貓，如果你在紐約這一頭拉拉牠的尾巴，那麼洛杉磯那一頭就會傳來牠的喵喵叫。

既然愛因斯坦這麼會形容，那麼肯定要來說一說他這輩子最重要的成就「相對論」。

曾有一群學生圍著愛因斯坦，要他用最簡單的語言，解釋這個號稱全世界只有極少數科學家才懂的理論。

這也難不倒愛因斯坦，他是這樣說的：就像和一位漂亮的姑娘相處一小時，你會覺得時間只過了一秒鐘。相反的，如果讓你在火爐上待一秒鐘，你會覺得有一小時那麼難熬，這就是相對論。

喔喔喔，應該沒有比「相對論」更難的了吧？

不，還真的有。

一九二九年，愛因斯坦接到一封電報，發文者是紐約猶太教堂牧師哥爾德斯坦。

「您信仰上帝嗎？回郵已付。限用五十字回答。」

這個挑戰不是無理取鬧，而是非常認真的。

因為愛因斯坦言談之間，常透露他對宗教的質疑，例如他在自傳裡提及，十二歲那年就失去宗教信仰，並且認為那是謊言。

你想想看，如果當代最具影響力的科學家，都斬釘截鐵的說「世

界上沒有上帝」，那麼你教上帝的信徒如何是好？

這麼難的問題應該很難回答吧？不，收到電報當天，愛因斯坦就回覆了。他說，我信仰上帝，只是我的上帝跟你們的上帝不一樣。我的上帝不擲骰子，我的上帝是和諧的宇宙，規律的自然。

哇哇哇，這應該是最難的難題了吧？不可能有更難的。

不，還真的有。

有一次，愛因斯坦去理頭髮時，自負的理髮師一邊在愛因斯坦頭上動刀，一邊挑釁的問：「聽說你擁

有一顆金頭腦，什麼問題都難不倒你，所以我要考考你。」

看著眼前晃來晃去的剃頭刀，愛因斯坦笑了笑，沒有拒絕。

「如何改變世界？」

理髮師顯然對自己的問題很有信心，因為這個問題太大了，就算愛因斯坦也回答不出來。

沒想到愛因斯坦居然秒答：「改變你自己。」

一語雙關，一句話就讓理髮師放下了自以為是的剃頭刀。

「改變你自己」正是愛因斯坦一生的信念，意思是凡事靠自己，因為上帝不會來幫你。

傳家小語

愛因斯坦智商超高，那是學不來的，但有兩個地方，我們真的可以向他好好學一學。第一是幽默。一如他的名言「有兩種東西是無限的，宇宙和人類的愚蠢」。嗯，幽默，幽默。第二是想像力。正如他的名言「有兩種東西是無限的，宇宙和人類的愚蠢」。等一等，這不是同一句名言嗎？沒錯，這句名言既幽默，又有想像力。

什麼是想像力？想像力就是把兩件不相干的事，連結起來的能力！「宇宙」和「愚蠢」乍看完全不相干，但愛因斯坦卻巧妙的用「沒有極限」，把它們連結起來了。

就像愛因斯坦的另一句名言：「邏輯會把你從A帶到B，想像力能帶你去任何地方。」

故事傳承人

許榮哲，曾任《聯合文學》雜誌主編、四也出版公司總編輯，現任「走電人」電影公司負責人。曾入選「二十位四十歲以下最受期待的華文小說家」。曾獲時報、聯合報、新聞局優良劇本、金鼎獎最佳雜誌編輯等獎項。影視作品有公視「誰來晚餐」等。代表作《小說課》、《故事課》在臺灣和中國大賣十幾萬冊，掀起故事的狂潮，被盛讚為「華語世界首席故事教練」。

公主和天鵝王子

洪淑苓
・改寫自安徒生童話

從前，有個國王和皇后生下十一個王子和公主伊麗莎。他們過得很快樂，不幸的是，皇后因為太勞累而病死了。

後來，國王迎娶新皇后。新皇后施起魔法，讓王子變成天鵝，把他們趕出皇宮。而伊麗莎則被送到農家，學習編織，直到十五歲，才被帶回皇宮。但伊麗莎的美麗，引起新皇后的嫉妒，她故意把伊麗莎全身弄黑弄髒，使得國王根本認不出來，冷落了她。伊麗莎在傷心之餘，逃出了皇宮。

伊麗莎開始尋找十一個哥哥。但哥哥們已被施了魔法，太陽一出來就會變成天鵝，直到天黑，才能變回人形。伊麗莎十分傷心，她下定決心要拯救哥哥，但唯一的辦法是，必須由她親自用蕁麻，為哥哥們編織長袖披甲，才能解除魔咒，恢復人形。在過程中，也絕對不可以說話，否則便會失敗。

伊麗莎在森林小屋住下，每天收集蕁麻，開始編織。蕁麻的尖刺把她刺得皮破血流，但她從不哭泣抱怨，只是一言不發，日夜趕工。

不久，一個年輕的國王來森林打獵。他發現伊麗莎是個安靜而美麗的女孩，卻孤獨一人在此，於是就把她帶回皇宮。

但伊麗莎始終沉默。為了安慰她，國王為她打造了一模一樣的森林小屋。伊麗莎感到欣喜，卻不能開口，只能親吻國王的手心，代表她的感謝。國王非常高興，宣布開始準備婚禮。

可是伊麗莎沒有忘記最重要的任務，她繼續編織，直到蕁麻用完了，只好去教堂外的墓園尋找。大主教命人跟蹤她，而且把國王也找來，想要當面揭穿她是個女巫。國王相信了大主教的話，下令燒死伊麗莎。

伊麗莎仍然沒有開口辯白，因為她必須利用剩下的時間，把第十一件披甲織好。到了行刑那天，遠方飛來十一隻天鵝，伊麗莎抬頭一

看，趕緊把手上的披甲甩出去，讓哥哥們接住、穿上，然後一一變回人形，只有最小的哥哥還有一隻手是天鵝的翅膀，因為伊麗莎來不及織好那隻袖子。

這時，伊麗莎終於可以開口說話了：

「我是無罪的。」

伊麗莎仔細說明事情的經過，十一個哥哥也一起作證。眾人都感到震驚，國王釋放了伊麗莎，重新舉行婚禮。真相大白，伊麗莎為自己和十一個哥哥尋回了幸福快樂的日子。

傳家小語

〈公主和天鵝王子〉的故事，改寫自安徒生的《野天鵝》，是他根據民間故事改編的作品。這是個關於勇氣、毅力和手足之間友愛的故事，伊麗莎是個勇敢而獨立的女孩，她用智慧和勇氣拯救哥哥們，也獲得自己的幸福。

故事傳承人

洪淑苓，現任臺灣大學中文系教授。曾獲教育部文藝創作獎、臺北文學獎、優秀青年詩人獎、詩歌藝術創作獎、好書大家讀年度最佳少年兒童讀物獎等。

著有多種學術專書及新詩集《預約的幸福》、《尋覓，在世界的裂縫》；童詩集《魚缸裡的貓》；散文集《扛一棵樹回家》、《誰寵我，像十七歲的女生》、《騎在雲的背脊上》等。

賣牛奶的小姑娘

陳素宜
・改寫自伊索寓言

春天的早上，離耶誕節還很久的時間，小姑娘琪琪就全神貫注的想像，那一年一度的盛大舞會，她該穿什麼樣子的禮服，才能得到全場的讚嘆，才能吸引年輕的小伙子們排隊向她邀舞。她一邊在腦海裡選擇禮服的顏色，一邊蹲在乳牛身邊擠牛奶，一不小心弄痛了乳牛，舉起後腳踢了琪琪一腳。

「哎喲，好痛！」

琪琪一手揉揉被踢的小腿肚，另一手沒扶好木桶，好不容易擠出來的牛奶潑掉了一大半。她心疼得叫了出來，潑掉的牛奶，可以賣好幾塊錢呢！

「琪琪呀，我這邊擠好了，你先把這桶拿到屋裡去給媽媽，等我把這幾頭都擠好，我們一起拿到市場賣。」

爸爸幫琪琪把裝了牛奶的木桶，放在頭上讓她頂好，要她先送回去給媽媽。琪琪從小就跟村裡的人一樣，很會用頭頂著東西到處去。她伸出兩手，扶著頭上的木桶，輕輕鬆鬆的往屋裡走去。

春風微微，吹過青綠的草地，各色小花迎風搖曳。琪琪心情很好，她邊走邊哼歌，忍不住又想起了耶誕節的禮服。她在腦海裡設計了漂亮的樣式，選好了美麗的顏色，卻碰到了一個大問題！哪裡來的錢買這件漂亮又美麗的禮服呢？家裡的每一分錢，媽媽都規畫好了用途，能夠給琪琪花用的真的不多。唉，耶誕舞會的禮服，只能想想而已啊！

「哞——」

風裡傳來一聲乳牛的叫聲，琪琪忽然想到了頭頂上的這桶牛奶。媽媽打算賣了牛奶的錢，拿去買雞蛋，孵出小雞來賣錢。要是能跟媽媽要兩隻母的小雞

來照顧，等母雞長大生了蛋，就可以把蛋賣了換錢；或是再把蛋孵出小雞，把雞養大賣了換錢。走著想著，琪琪的嘴角稍稍翹起，露出一個微笑。賣雞蛋的錢加上賣小雞的錢，再加上賣大雞的錢，這些錢加起來，絕對足夠買那件漂亮又美麗的禮服了！

琪琪高興得笑出聲來！她想像自己穿著禮服走進會場的樣子，還有那些年輕小伙子目不轉睛盯著她看的樣子。

「他們一定會搶著來跟我邀舞的，我該怎麼辦呢？」

第一支舞當然不能隨便就答應，總要選一個高挑的、英俊的、溫柔的、體貼的、能幹的年輕人才行。還有，也不能人家一開口就點頭，總是要先拒絕一下，才能顯現自己的不同凡響啊！既然這樣，要先練習怎樣優雅的輕輕搖頭才對。

想到這裡，琪琪真的搖了搖頭！

頂在她頭上的木桶摔到地上，裡面的牛奶全都流出來，滲進泥地裡，留下白色的痕跡。牛奶沒有了，雞蛋沒有了，小雞、大雞也沒有了，琪琪那件漂亮又美麗的禮服，當然也沒有了！

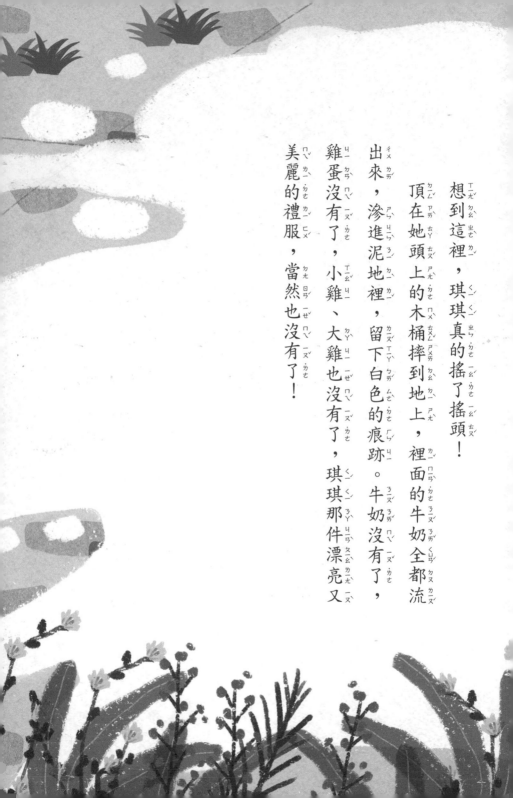

傳家小語

我們應該要有理想和夢想。不論是理想還是夢想，需要按部就班、一步步努力，才能實現。賣牛奶的小姑娘，其實有個美好的夢想，如果她能踏踏實實的先去市場把牛奶賣了換錢，再踏踏實實的買雞蛋、孵小雞，然後踏踏實實的把雞養大，她離穿著漂亮禮服參加舞會的夢想就愈來愈接近了。可惜她在牛奶都還沒賣出去的時候，就不切實際的做出在舞會裡拒絕小伙子的動作，終究使得夢想變成了幻想呀！

故事傳承人

陳素宜，臺東大學兒童文學研究所畢業。一九八七年第一篇童話〈純純的新裝〉在《國語日報》發表後，開始努力從事兒童文學創作。作品涵蓋少年小說、童話和兒童散文等文類。作品得到九歌現代兒童文學獎、國語日報牧笛獎、陳國政兒童文學獎及好書大家讀年度最佳少年兒童讀物獎、金鼎獎等多項兒童文學獎項的肯定。已有童話、小說和散文等五十餘冊兒童文學作品出版。

一束鮮花

林玫伶
・改寫自殷穎〈一朵小花〉

有個非常懶惰的人，全身總是髒兮兮的，他懶得洗澡，不修邊幅，衣服穿好幾天才換一次；住的地方也是亂七八糟，東西隨手扔，要用時才從雜物堆裡找出來。鄰居有的嘲笑他，有的奉勸他，他都不在意，依然懶散過日子。

有一天，朋友送了一束玫瑰花給他，含苞待放的花朵，紅裡透白的花瓣，還有淡淡的花香，讓他看了心情非常好，忍不住想把花插在瓶裡好好欣賞。

「花瓶在哪兒呢？」他東翻西找，好不容易從櫥櫃下找到了很久以前滾進去的花瓶。但花瓶太髒了，配不得這束美麗的鮮花，於是他把花瓶洗乾淨，擦得亮晶晶，又裝了些水，把整束玫瑰插進花瓶裡。

但他屋內唯一的一張桌子，上面布滿灰塵，還有傾倒的飲料罐、吃便當留下的油漬。他左看右看，不論花瓶怎麼擺，桌子都跟這瓶鮮花格格不入。於是他乾脆捲起袖子開始整理，先把桌上的垃圾清除，再把桌面擦拭乾淨，物品擺整齊，才將插滿鮮花的花瓶放到桌上。

他滿意的坐在椅子上欣賞，但環顧四周，天花板有蜘蛛網，穿過的衣服到處亂掛，地上還有去年的報紙，偶爾還有幾隻蟑螂大膽的從他面前經過。

「屋子這麼髒，枉費了我這瓶好花！」他皺著眉頭，自言自語說完，便捲起褲管開始整理房間。刷刷洗洗一整個早上，東西就定位，才大功告成。雖然汗流浹背，但愈整理愈有成就感，原來他有個美麗小屋呀！他不禁吹起了口哨！

他打開窗戶，想吹吹外面的涼風，卻發現屋外雜草叢生，還有好幾包陳年垃圾塞在牆角，有的還被老鼠咬了洞，拖出一堆又髒又臭的汙穢。

他苦笑著，原來他根本就是住在垃圾堆裡，難怪

鄰居都不喜歡跟他往來。他心想，既然起了頭，就有始有終吧。於是下定決心，又花了兩個小時，終於把小庭院清理乾淨了。現在，屋裡屋外都煥然一新，他感到身心舒暢，無比滿足。無意中，他瞥見鏡子裡的自己，卻是蓬頭垢面，跟周圍的環境很不搭配。

他笑了笑，到浴室徹底洗了個澡，換上乾淨衣服，又去理了頭髮，整個人就像重生一樣的喜悅。

一束鮮花能帶給一個人徹頭徹尾的改變，這是那位送花的朋友想都沒想到的吧！

傳家小語

小小的美，可以造就大大的美；一點點的改變，可以影響全面的改變。

這位懶人，顯然也有美的眼光，只是被壞習慣給遮蔽久了。

故事傳承人

林玫伶，臺北市國語實驗國民小學校長、兒童文學作家。著有多部校園暢銷作品並獲獎，包括《小耳》（臺灣省兒童文學創作童話首獎）、《我家開戲院》（好書大家讀年度最佳少年兒童讀物獎）、《招牌張的七十歲生日》（入圍金鼎獎）、《笑傲班級》、《小一你好》、《童話可以這樣看》、《閱讀策略可以輕鬆玩》、《經典課文教你寫作》等十餘部作品。

魚躍龍門

鄭丞鈞
・自創故事

每年的八月一日，瀑布頂端的天空就會打開一個洞，只要能逆流而上，游上瀑布頂端，再用力躍入天空那個洞的魚，天神就會大讚一聲「帥哥」或是「美女」，並讓那些努力的魚兒脫胎換骨，變成能在空中遨遊的小龍。

大家都說天上的那個洞是「龍門」，只要能「魚躍龍門」，從此就能「鹹魚翻身」，從一條普通的河魚，變成人人稱羨的祥龍。

有些魚從不妄想這機會，要游上瀑布的頂端多難啊！還要對著天頂用力一躍，那根本是不可能的任務！

不過，也有些魚為了這個目標努力鍛鍊自己，小巴就是其中一個，他已經努力好多年，同樣的，他的同伴也嘲笑他好多年。

「沒用啦！你的尾巴那麼瘦小，能游到最上頭嗎？」

「沒用啦！你的腰部太肥，能跳出一隻青蛙的高度，就很厲害了！」

甚至還有些魚說他不夠美、不夠帥。

「天神要的是帥哥、美女！」

可是，小巴仍不斷的練習。

今年的八月一日又即將到來，就在前一天，一位魚朋友游過來問他：「小巴，你明天一樣要去挑戰嗎？」

「當然了。」小巴自信滿滿的說。

「可是你已經嘗試了這麼多年，不覺得疲累或灰心嗎？」

「怎麼會！我不斷磨練自己，所以成績一年比一年好。」小巴輕鬆自在的說：「而且每一條成功的魚，不也是試了好多年才成功的嗎？」

「萬一一直到老，都沒法成功，你不會覺得這些努力都白費了嗎？」

「才不會。」小巴認真的對他說：「至少我曾盡力過，所以我這輩子就不會有什麼遺憾了。」

第二天，一年一度魚躍龍門的機會又開始了，小巴在大家的嘻笑聲中再度出發，他用力擺尾，努力逆流而上，就在快抵達頂端時，一道突如其來的急流從他頭頂澆灌而下，力氣快用盡的小巴放手一搏，他猛力扭腰，對著空中那遙不可及的龍門用力一躍！

「小巴跳得好高！」有魚兒大喊。

「小巴不可能成功的！」也有魚兒這麼說。

「陽光太刺眼，我看不清楚了！」還有魚兒在一旁哇哇大叫。

就在魚兒們的呼喊聲中，就在耀眼的陽光照射下，天頂突然喊了一聲：「做得好！帥哥！」

傳家小語

「至少我曾盡力過，所以我這輩子就不會有什麼遺憾了。」這是小巴跟他朋友說的，而我也是如此勉勵自己。

選定你想要的目標努力奮鬥，有可能會成功，也有可能一輩子沒法達成，但至少你比較不會有遺憾，因為你曾嘗試過、努力過。

故事傳承人

鄭丞鈞，臺大歷史系畢業，臺東師院兒童文學研究所碩士。曾任兒童雜誌編輯，現為國小教師。作品曾獲臺灣省兒童文學獎、九歌現代少兒文學獎、國語日報牧笛獎等獎項；已出版《妹妹的新丁粄》、《帶著阿公走》等書。因為從小就喜歡看故事，激發了很多的想像，所以長大後很努力的寫故事給小朋友看。

蟾蜍身上的坑疤怎麼來的

黃文輝
．改寫自民間故事

很久以前，蟾蜍的皮膚潔白無瑕，沒有任何坑疤。牠喜歡四處遊玩，哪裡有派對，再遠都會去參加。

有一天，蟾蜍收到山雀的邀請函，請他去參加山上的派對。臭鼬跟蟾蜍說：「你跳一年也到不了山上，不要去了吧！」

蟾蜍胸有成竹的說：「再高的山也難不倒我，你等著瞧，呵呵！」

禿鷹的朋友很少，總是孤單的在拉小提琴。蟾蜍跑去找禿鷹，問：「你有收到山雀的邀請函嗎？」

「有！」

「我們一起去山雀的派對好不好？」

禿鷹很高興有蟾蜍作伴，點頭答應。

蟾蜍說：「你明天下午來我家，我們再一起去，記得帶你的小提琴喔。」

第二天，禿鷹帶著小提琴來到蟾蜍家門外，蟾蜍在屋內說：「你把小提琴放在門口，進屋來等我一下。」

禿鷹放下小提琴走進屋內，蟾蜍立刻跳出窗外，躲進門口的小提琴裡。

禿鷹在客廳等蟾蜍，但是一直等不到蟾蜍現身，只好離開蟾蜍家，拿起小提琴去參加派對。

禿鷹到了派對現場，告訴山雀，蟾蜍本來要和他一起來。山雀說：「我寄邀請函給蟾蜍只是要尋他開心，他沒有翅膀怎麼到山上來？放下你的小提琴，好好玩吧！」

蟾蜍趁大家不注意時，從小提琴裡跳出來，很得意的大聲說：「你們以為我來不了，但我還是來了，哈哈哈！我要痛快的大玩一場囉！」

蟾蜍開心的大吃大喝、唱歌跳舞。

禿鷹覺得無聊，沒有跟山雀和蟾蜍道別，也忘了拿小提琴，就直接飛回家了。

蟾蜍吃飽、玩累之後，跳進禿鷹的小提琴裡等待禿鷹帶他回家，不曉得禿鷹早已離開。

烏鴉要回家的時候看到小提琴，「禿鷹忘了拿小提琴，我幫他帶回去。」

烏鴉抓著小提琴朝山下飛去，可是禿鷹的小提琴很大，讓他很難保持平衡，搖來晃去的，害躲在裡頭的蟾蜍暈頭轉向，想要嘔吐。

烏鴉覺得腳很瘦，只好放開小提琴。小提琴急速往下掉，蟾蜍嚇得大叫：「救命啊，救命啊！」

小提琴接近地面時，蟾蜍對著地面的石頭大喊：「快讓開，快讓開！」

但是石頭哪裡會聽話呀！小提琴猛烈的撞上石頭，破得四分五裂，蟾蜍滾了幾十圈，摔得全身都是傷。

從那之後，蟾蜍的皮膚就變得坑坑疤疤，凹凸不平，有許多斑點。不過，蟾蜍仍舊蹦蹦跳跳的四處玩耍，跟以前一模一樣。

傳家小語

大象的鼻子為什麼長長的，斑馬身上為什麼有條紋，刺蝟身上為什麼長滿尖刺？利用童話故事解答這些「趣味」問題，總能引起小讀者的興趣。這篇故事也告訴我們，太調皮、難免會吃大虧；得意忘形，可能會有嚴重的後果。

故事傳承人

黃文輝，臺灣大學機械工程研究所碩士與英國納比爾大學管理學院碩士。曾在新竹科學園區擔任工程師與經理等職務。已出版《東山虎姑婆》、《第一名也瘋狂》、《候鳥的鐘聲》、《鴨子敲門》等著作。

曾獲好書大家讀年度最佳少年兒童讀物獎。旅居英國和紐西蘭近十年，目前定居臺灣花蓮，從事兒童文學創作與偏遠地區兒童閱讀推廣。

鏡花緣神祕國度

王洛夫
．改寫自李汝珍《鏡花緣》

唐敖是唐朝女皇帝武則天時代的秀才，剛以第三名錄取進士。當時九尾狐投胎的唐朝女皇武則天霸占王位，人心不服，許多英雄豪傑起兵討伐。唐敖因為結識叛黨而被除名進士，使他心情鬱悶。剛好妻子的大哥林之洋要航海經商，唐敖便與他一起遨遊四海。

唐敖遇到許多怪人和怪物，有會像蠶一樣吐絲的女孩，美若天仙，卻會吸光人的精氣；還有凶暴的九頭鳥，以及頭上長了一隻角的獨角獸。在一個港邊，唐敖拯救被漁網捕到的人魚，後來他們的船被厭火國的人噴火焚燒，來報恩的人魚口中噴水滅了火。

他們來到女人國，這裡掌權做主的全是女人，男人都在家養小孩、做家事。林之洋因為有「姿色」被抓進皇宮，女國王打算娶他當妃子，還逼迫他纏小腳，以致腳痛得如炭燒，筋骨寸斷。唐敖幫女人國治好水患，才好不容易把林之洋換回。

一行人到達小人國，人們個頭只有三寸，個個小器、尖酸，卻自以為很偉大。大人國的人，腳下都踩著一朵雲；品德清高的，雲現出各種光彩；心地不好的，腳下踩著陰森的烏雲；雲隨心而變，對明眼

人一點都瞞不住。兩面國的人有兩張臉，一張臉看似優雅的君子，用「浩然巾」遮住的另一張臉，卻是青面獠牙，舌頭長得嚇人。

勞民國的人整天勞動卻很長壽，犬封國的人長著狗頭，每天只是討論飲食，被稱為「酒囊飯桶」。穿胸國的人心臟偏離了位置，為了填補空缺，會去移植狼和狗的心肺。有種叫做「果然」的白猿，對死去的同伴不離不棄，因此被人捕捉，而抓牠的人們竟然不

如禽獸看重情義。黑齒國的人讀書很多，雖然長相黝黑，卻非常有氣質。君子國的人「好讓不爭」，買賣只想讓對方多獲利。無繼國的人從不生育，死後過一百二十年便可復活，經歷生生死死、名利成空，自然將一切看透。

唐敖遨遊各個奇異的國度後，真是眼界大開。過程中他行俠仗義、歷盡艱險，也更加深入了解了人性，領悟到升官發財都如同鏡中花、水中月，只是幻象。在徹底看破後，他的心胸更開闊，不再寄望官場發達，而決定修道成仙去了。

傳家小語

《鏡花緣》是清朝李汝珍寫的奇幻小說，用充滿想像的筆法描寫許多神祕的國度，這些國度，其實都在隱喻社會制度的不合理，以及人性的面貌，加以諷刺。例如「女人國」大大伸張了女權，顛覆男性父權社會；「兩面國」諷刺虛偽的兩面人；「小人國」、「大人國」點出一個人的品格好不好，終究是騙不了人的。遊歷這些國度，確實能增長「見聞」喔！

故事傳承人

王洛夫，臺東大學兒童文學研究所畢業，大學主修心理與輔導，現任國小教師。作品《那一夏，我們在蘭嶼》獲好書大家讀年度最佳少年兒童讀物獎。《妖怪、神靈與奇事》、《蜘蛛絲魔咒》、《用輪椅飛舞的女孩》獲好書大家讀推薦。愛游泳、愛燒菜，覺得說故事就像游泳，既要放鬆又要有Power，寫作就像燒創意菜，要色麗、飄香、味美。

諸葛亮的帽子

黃秋芳 · 改寫自民間故事

傳說，很久很久以前，勤勞快樂的傣族人定居在瀾滄江邊，捕魚，打獵，唱歌，跳舞，穿著窄袖短衫、長筒裙行走、跳躍，好像和陽光及希望一起玩耍。這種幸福的日子，被掌管邊境的漢官改變了。

官府訂出很多苛刻的法令，女孩必須先到官府服役三年；男孩捕獵的收穫，第一等的交給大官，第二等給小官，最差的才留給獵人。

這樣的日子太難過了，嚮往自由的傣族人，只好逃進深山，努力開墾出小小的新天地，過著隱密的生活。

很多年很多年過去，他們看到帶兵南征、卻在森林裏迷路的諸葛亮，心裡又急又怕，怎麼辦？漢人又來了！他們派出勇敢的獵人，祕密跟蹤諸葛亮的軍隊，發現他們很有規矩，偶爾遇見落單的傣族人，還會熱情款待，最後，諸葛亮才客氣的問：「有人能夠引領我們走出森林嗎？我一定會好好報答你。」

最初，傣族人裝聾作啞，不肯帶路。直到獵人確定諸葛亮和那些貪心官員不一樣，才同意帶領軍隊走出森林，並且拒絕諸葛亮的禮物，只說：「我們想脫離苛刻的漢官，靠自己的雙手，在美麗的瀾滄

江邊，無憂無慮的捕魚打獵、唱歌跳舞。」

「你去把逃亡的傣族人，都帶回原來生活的壩子吧！我會為大家找到安居樂業的辦法。」諸葛亮很快查明真相，嚴懲貪婪漢官，廢除苛刻法令，還特地到江岸巡察，準備穀種，教大家耕作，讓瘦小的傣族人長高、變壯，過上幸福生活。

諸葛亮大軍離開前，傣族人男女老少含著眼淚，依依

不捨的送了一程又一程。諸葛亮知道山高路遠，以後自己不可能再回到這裡了，但是，隨著人口密度變高，山區還會產生新的問題，他拿下帽子，在裡面塞了幾張布條，送給傣族人，說：「以後遇到困難，就從帽子裏拿出布條看看。」

又過了很多年很多年，擠在江邊小草棚的傣族人愈來愈多，天熱時瘴煙四起，低矮潮溼的環境讓病毒傳播得更快，奪走好

多生命。就在這危難關頭，他們找出諸葛亮的帽子，裡面的布條寫著：「想命長，水沖涼；草棚藏，住高房。」對呀！常洗澡就不會生病，住高房就更通風，大家決定照著諸葛亮帽子的樣式蓋高樓，那是智慧的象徵，也是快樂的起點。

從此，大家在洗澡時都喜歡潑水來表示歡樂，這就是「潑水節」的由來唷！

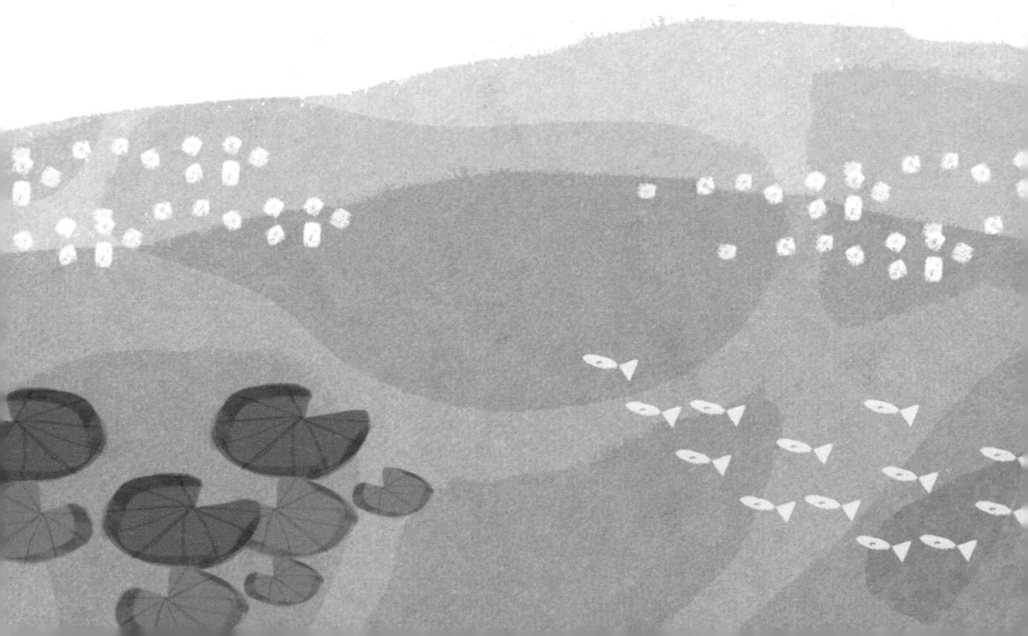

傳家小語

小時候，喜歡聽大人講各種關於愛和奉獻的故事，聽到結尾時都讓小小的世界變得很寬闊，好像我們跟著也變得更有用、更快樂了。長大後才知道，並不是每個人都相信愛和奉獻，小部分人的自私貪婪，形成對大部分人的壓迫和掠奪。幸好，很快我又發現，這種快樂都不長久，讓人一直幸福的，還是因為愛。

故事傳承人

黃秋芳，臺大中文系、臺東大學兒文所，經營「黃秋芳創作坊」。曾獲臺灣兒童文學協會童話獎首獎、文建會兒歌獎、九歌少年小說獎、臺東大學童話獎、九歌年度童話獎；教育部文藝獎小說組首獎、吳濁流文學獎小說獎、中興文藝獎章小說獎、法律文學獎小說創作特別獎。出版童話《床母娘的寶貝》；少年小說《魔法雙眼皮》、《不要說再見》、《向有光的地方走去》；兒童文學研究論述《兒童文學的遊戲性》；及散文、報導、作文教學等多種專著。

十三郎機智捉賊

傅林統
・改寫自《今古奇觀》

十三郎，宋神宗的臣子王襄敏的五歲么兒。當時每逢元宵佳節，京城百姓家家戶戶點放花燈，喜氣洋洋。襄敏公一家人也打扮入時，由僕人牽著帷幕一起出遊。

十三郎更是一身錦繡，頭戴滿綴珍珠寶石的帽子，由家人王吉背著賞燈遊玩，來到金碧輝煌的宣德門前。恰好神宗皇帝出現在門樓上，「吾皇萬歲」呼聲喧天，燈光通明，天樂飄揚，天香彌漫，人群熙攘，水洩不通。

王吉蹬著腳，伸長脖子，入神觀賞，忽然背上似乎輕鬆好多，驚覺：「糟了！十三郎呢？」

十三郎不見了！王吉驚慌張望，四周都是陌生的面孔。他擠出人群，幸好遇見府中的人，趕緊問：「你們看見十三郎嗎？」

「十三郎不是你背的嗎？怎麼問起我們來了？」

「那一定是被壞人抱走了！」王家人在熙熙攘攘的人群裡，吶喊呼叫，喊啞了，也沒任何回應。

有個家人說：「一定是盜賊衝著十三郎的帽子，抱走他了，現在

只好回家報告襄敏公，趁早派人捉賊才對啊！」

王吉垂頭喪氣的去見襄敏公，囁囁嚅嚅不敢直說，襄敏公詫異的問：「慌慌張張的，一定發生什麼事吧？」

王吉痛哭流涕說：「主人！我弄丟了十三郎啊！請你殺了我吧！」

想不到襄敏公卻毫不在意的說：「哈哈！小事一樁，去了的，自己回來就好，何必慌張。」

十三郎呢？那天晚上有人趁著人潮擁擠，悄悄把他抱走，大人小孩都沒感覺，後來十三郎發現背他的人怎麼匆忙逃竄，才大聲說：「王吉啊！你為什麼亂

元宵

鑽？」定睛一看，是賊啊！就把珠帽摘下塞在袖中，直到東華門附近，看見四五輛轎子接連而來，靠近了，奮力攀住轎子，大喊：「有賊！有賊！救人啊！」

那賊大吃一驚，丟下孩子鑽進人叢不見身影了。轎子的主人掀開簾子，看見是可愛的孩子，問：「你是哪兒來的？」

十三郎把經過情形稟報，那人安慰說：「現在沒事了，跟我進宮見皇上去！」

原來轎中人是宮廷的中大夫，帶著十三郎見神宗皇帝。十三郎不慌不忙，取出珠帽戴上，叩頭敬禮。神宗愈看他愈喜愛，說：「你脫險了！不過可能已查不出盜賊的去向了！」

十三郎說：「皇上要捉賊並不難啊！因為我在他的衣領上，用帽子取下的針線縫了記號。」

神宗驚奇的說：「了不起！小小年紀就如此機智！如果我捉不到賊，就連小孩也不如囉！」

神宗立即責令開封府限期捉賊，並且吩咐皇后把十三郎帶到內宮去。皇后心花怒放，把十三郎抱在膝上，為他梳頭髮，整理儀容，逗著玩兒，高興的說：「國家出了這樣的神童，是皇上的洪福啊！」

王家自從丟了十三郎，愁雲密布，只有襄敏公依舊平心靜氣。那天，有人從大門連奔帶跑報告：「中大人帶聖旨來了！」

王家上上下下穿戴整齊跪接聖旨，中大人抱著十三郎高聲宣讀：「襄敏公接旨！你在元宵節丟掉的孩子，朕撿到了，特地賜給壓驚的物品一箱，獎賞聰明又勇敢、機智捉賊的十三郎。」

傳家小語

幼年聽〈十三郎〉，有一種變身的痛快，幻想自己變成十三郎！稍微長大一點再讀〈十三郎〉，但願自己能像十三郎那樣臨危不亂、聰慧機智。年紀更大以後再讀〈十三郎〉，又多了一層想法：「小時了了」但是「大未必佳」的例子很多，我們應該努力做一個「小時候傑出，長大以後仍然傑出」的人。

故事傳承人

傅林統，擔任國小教職工作四十六年。一向喜歡給兒童說故事、寫故事、帶領閱讀，學生和家長暱稱他「愛說故事的校長」。退休後，為地方培訓「說故事媽媽」和「兒童閱讀帶領人」，並示範說故事技巧，升級為「愛說故事的爺爺」。

著有《傅林統童話》、《偵探班出擊》、《神風機場》、《田家兒女》、《真的！假的？魔法國》、《兒童文學的思想與技巧》、《兒童文學風向儀》等作品。

耶誕禮物

岑澎維
・改寫自歐・亨利（美）短篇故事

「一塊八毛七分。」

黛拉數了三次，還是一塊八毛七分。

明天就是耶誕節，她計畫了很久，要買一個漂亮、珍貴的禮物給丈夫吉姆，但這一點點錢，她又能買什麼呢？

黛拉看見鏡子裡，自己那一頭金亮的長髮。她站到鏡子前，解開頭髮，讓它們全部散開披在背後。

在貧寒的生活裡，有兩件財寶是他們引以為傲的。一件是吉姆的金表，那是吉姆的傳家之寶，如果所羅門王看見吉姆走過，掏出金表來看看時間，所羅門王一定嫉妒得吹鬍子瞪眼。另一件就是黛拉的長髮。只要席巴女王看一眼，女王所有的珍寶都會相形失色。

黛拉猶豫了一下，然後穿上棕色舊大衣、戴上舊帽出門。最後，她走進「索弗羅尼美髮材料店」。

「你願意買我的頭髮嗎？」

索弗羅尼夫人神情淡漠，看了黛拉一眼。

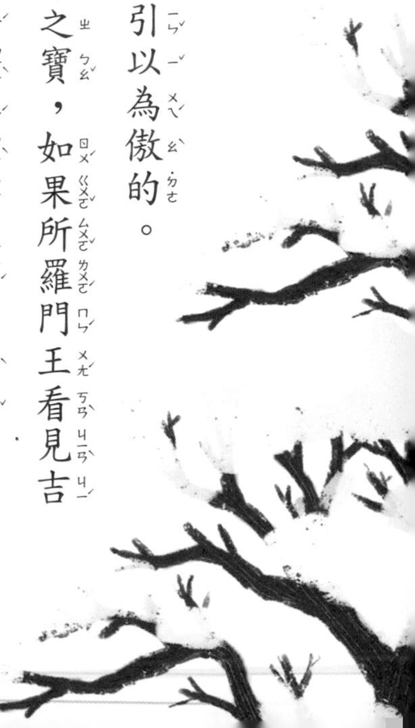

「把帽子拿下來，讓我看看你的頭髮。」一頭細長的金髮像瀑布一樣垂了下來，夫人熟練的挑起頭髮仔細看。

「值二十元。」

「好，我賣了！」

黛拉賣了長髮，拿著二十塊錢，在街上不停的搜尋。

「就是這個！」黛拉終於找到一個適合吉姆的禮物——一條白金表鍊。吉姆的金表沒有表鍊，只用一條舊帶子繫著，所以他總是偷偷的看時間。

「二十一塊錢。」黛拉付了錢之後，只剩下八毛七分錢，但她覺得值得。

終於等到晚上七點，吉姆回來了。他打開門，黛拉出現在他眼前時，他完全楞住了。

「怎麼會這樣？」

「你不喜歡我短髮的樣子嗎？我把頭髮賣了，我一定要給你買一個耶誕禮物……」

「你把頭髮剪了！」吉姆的聲音有點失望，但他還是把禮物交給黛拉。

黛拉打開來看，竟然是那套她很喜歡，卻沒有錢買的髮梳！黛拉在百貨公司的櫥窗裡看到、喜歡得不忍離開的那套髮梳，但現在卻用

不上了。

「我的頭髮會長長，我還是用得著的。快看看我給你買了什麼？」

黛拉開心的把禮物交給吉姆，吉姆打開來看，他又楞住了——是一條表鍊！搭配他的金表再適合不過了。

「現在，你一天看一百次時間都不怕了。金表呢？我幫你扣上。」

「我把表賣了，給你買髮梳。」

雖然他們都用不上彼此的禮物，但是還是很開心，因為他們知道，對方是多麼的愛自己。

傳家小語

我喜歡收到一封誠懇的卡片，我也喜歡收到一通問候的電話。

我懷念過去那種魚雁往返，等待多日才收到回信的時光；我懷念過去，背得出親朋好友電話號碼的日子；我也喜歡黛拉與吉姆，為耶誕節而耗盡心思的細膩。

這對貧困小夫妻，雖然他們都得到一個實用卻用不上的禮物，但是他們知道，對方是這麼深愛自己，願意把最珍貴的東西賣了，成就自己。

我希望我的孩子因為這個故事，學會看見事情的背後，學會感動、學會相愛。

故事傳承人

岑澎維，臺東大學兒童文學研究所畢業，現為國小教師。出版有《找不到國小》系列、《原典小學堂》系列、《成語小劇場》系列、《溼巴答王國》系列、《小書蟲生活週記》、《八卦森林》等三十餘本。

沒有國家的人

鄒敦怜
·改寫自愛德華·海爾（美）故事

年輕的菲利浦是美國軍官，他正輕鬆的等著判決。在他認為，許多證據顯示他是無罪的，所以，當他聽到「有罪」的宣判，簡直不敢相信自己的耳朵。根據慣例，所有的人在法庭結束時，都要說一次：「我愛美國，我願意效忠美國。」忿忿不平的菲利浦，在這個例行的儀式中，氣得大喊：「我恨美國，我希望再也不要聽到任何跟美國有關的事物！」這驚天一喊，讓所有的人都呆住了。

原本要結束審判的法官摩根，很嚴肅的說：「年輕人，你不知道你在說什麼，許多人為這個國家的理想犧牲生命，許多人為這個國家奉獻一切，就是為了讓國家變得更好……我對你很失望。」法官走進小房間裡開會，隔了一會兒，他走出來，重新宣判：「菲利浦獲判無罪，但是他永遠不能再聽到美國的名字。」

菲利浦得意的笑了，不過誰也沒有跟著笑。從那一天開始，他被帶到一艘船上，開始他的「旅行」。

根據規定，他會擁有自己的房間，可以自由活動，飲食、服裝都有人備妥。「這真是太好了，簡直像度假！」菲利浦不敢相信自己這

麼好運。第一次航行是好幾個月，當他開始有點想家，船也要靠岸美國。他想回到自己住的小鎮，看看從小就熟悉的風景。可是，沒想到船還在公海，就有另一艘船靠近。

「菲利浦先生，依照規定，您須移往另一艘船，因為我們要靠近美國的海域。」

雖然有點失望，但慢慢的他也習慣了。

他可以參與船上的活動，只是所有的人都知道，不能跟他說起任何關於美國的事物，所以很多人聊天聊到一半，看到他接近了，只好立刻轉移話題。

他可以要求看報紙或雜誌，但是所有的資料都會經過檢查，報紙上、書籍上只要提到美國的內容，會有專人先把那一塊剪下來，即使是一個小小的廣告也不會留下。每當攤開坑坑洞洞的報紙，他就變得靜默無聲。他嘗試了很多次，想看看能不能從年輕船員口中，聽到一丁點關於美國的消息，但大家都堅守著原則，他什麼

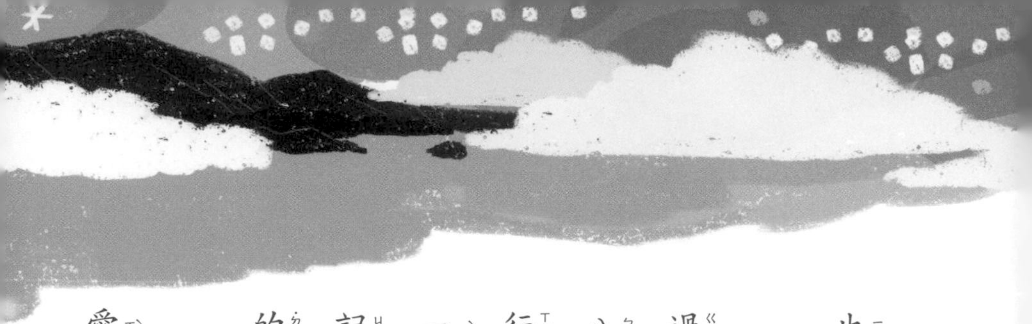

也問不到。

就這麼一艘船又一艘船，他終年在海上漂泊。這樣的日子過了五十年，三十歲開始在海上過日子的菲利浦，去世時已經八十歲。按照規定，他無法在美國領土安葬，船上的人為他舉行了海葬。之後，船長為他整理房間，驚訝的看到，房間裡有一張很大的地圖，是菲利浦憑著印象畫的美國地圖，好幾本筆記本紀錄著任何一點他聽到的可能是美國的消息：哪裡建了新的公路、誰當選了總統、哪個城市建了高樓……

這個沒有國家的人，用餘生的時間，發現並且證明自己是愛自己的國家的。

傳家小語

這個故事的原作者愛德華・海爾（Edward Everett Hale，1822–1909）創作這個故事的年代，正是美國南北戰爭時期，即使因為不同的理念面臨撕裂，他們心中還是有共同擁護的國家。

「覆巢之下無完卵」，我期望聽故事的孩子們，心中也會開始醞釀自己的觀點。

故事傳承人

鄒敦怜，當了很多年的老師，寫了幾十本書，得過幾個文學獎。從小就喜歡嘗試新鮮事物，喜歡問問題，更喜歡纏著家人說故事。每次聽過故事之後，對每個故事又會產生許許多多的疑問。長大之後，變成一個喜歡說故事的老師，開始寫下一個個有趣的故事；在創作中得到很大的快樂，希望美好有趣的故事，成為大家共同的記憶。

少年韓信

陳啓淦 ‧ 改寫自歷史故事

韓信少年時，由於父母早亡，家境貧寒，一日三餐很難維持，只得到處投靠親友接濟，成為村中不受歡迎的人物。

他愛看書，愛舞劍，可是這些都填不飽肚子，因此常常挨餓受凍。

他來到河邊，肚子咕嚕咕嚕叫。河邊有許多婦人在洗棉絮，傳來陣陣笑聲。她們看到韓信走過來，立刻把身邊的點心藏好，彷彿看到一隻飢餓的流浪犬。

韓信尷尬的離開，原來人窮比鬼還可怕。

突然，一個老婦人起身追過來，手中拿著一包東西。

「嘿！年輕人，這兩個飯糰給你。」

「這……」

「我們準備的點心太多了，吃不完。」老婦人慈祥的說：「以後肚子餓就來找我，我家不差那一碗飯。」

他接過飯糰，心中感動萬分。「我以後一定好好報答你。」

「我不希望你報答，只希望你做一個有用的人，不要依賴別人，不要讓人看輕你。」

韓信將老婦人的話謹記在心。

有一天，他到郊外舞劍，舞完後汗水淋漓走回家，路上被幾個不懷好意的人圍堵，他心知不妙。

為首的是一個身材壯碩的屠夫。

「姓韓的，你配那把劍太招搖了，舞幾招給我們看看。」屠夫不懷好意的說。

「這裡……不恰當吧！」

「那把劍能殺人嗎？我不相信。能的話你殺了我們其中一個人，這條路才讓你過。」屠夫惡狠狠的說。

他左右為難，不知如何是好。

「還有一個辦法，就是你不敢殺人的話，就從我胯下鑽過去。」

這句話引起哄堂大笑，大家等著看好戲。

太陽好大，他心中好著急。猶豫一下，他彎下身子，從屠夫胯下鑽過去。屠夫同夥的人，個個拍手叫好。

鑽過去後，屠夫只好依約放過他。

受到這樣的羞辱，韓信沒有喪志，反而更加努力。

後來他投靠軍旅，百戰百勝，成為一代名將，輔佐漢高祖劉邦建國，被封為楚王。

韓信功成名就，衣錦歸鄉，特地去拜訪那位曾經接濟他的河邊老婦人，致贈她千兩黃金。

「我不能收你這麼貴重的禮物。」老婆婆說。

韓信恭敬的說：「在我最落魄的時候，你給我吃的；在我最徬徨的時候，你教誨了我，要我做一個有志氣的好男兒。」

那個屠夫聽說韓信當大官返鄉，嚇得想找個地方躲起來。

韓信找上屠夫，對他說：「我有今日，第一個要感謝的人是你。當年你刺激我、羞辱我，我才奮發圖強，否則，今天我可能只是個鄉間的小混混。」

他封給那個屠夫一個軍官職務，讓他帶兵保家衛國。

傳家小語

有關韓信的成語故事很多，〈一飯千金〉的故事比較溫馨。受人之恩，應當湧泉相報，但是要做到可不容易；許多人飛黃騰達之後，像是得了失憶症，把一路相扶持的朋友忘光光。〈胯下之辱〉的故事說明大丈夫能屈能伸，不得意的時候能忍耐，受人幫助能心懷感恩，受人欺侮能不記恨，都是珍貴的人格特質。

故事傳承人

陳啓淦，兒童文學作家，寫兒童詩、童話和小說。曾經是火車列車長和車站副站長。

得過海峽兩岸十多個獎項，包括：冰心兒童文學新作獎、上海童話報年度最佳童話、洪建全兒童文學獎等。著作超過七十本，包括《日落紅瓦厝》、《老鷹健身房》、《一白座山的傳說》、《月夜・驛站・夜快車》等。

古董商的騙術

羅吉希
・改寫自羅德・達爾（英）故事

在倫敦開古董店的吉伯斯，很久以前去拜訪住在鄉下的姑媽時，發現姑媽有兩把十六世紀的法國椅子。但姑媽嫌椅子舊了不牢靠，不但在椅子上塗白漆，還釘上釘子。吉伯斯願意買兩把新椅子交換舊椅子，姑媽也歡喜。吉伯斯從此發現，鄉下是蒐集古董的好地方，沒事他就會到鄉下四處轉轉。

這一天，吉伯斯像往常一樣，在路邊停好車，走進村子裡亂逛。有個農莊主人正好在前院發呆，就和吉伯斯聊起天來。吉伯斯發現院子旁的倉庫裡放著一個五斗櫃，四支櫃子腳雕刻成彎彎曲曲的葡萄藤蔓的形狀，大抽屜上的金屬把手像是美麗的貝殼。吉伯斯馬上下了判斷，天啊！這可是十八世紀最有名的英國工藝大師戚本德的作品沒錯！但這可不能讓農場主人發現，抬高價錢。所以，他很謹慎的開口說：「這個櫃子好舊啊！」

「是啊，但是它抽屜很大，可以裝好多雜七雜八的東西。」農場主人打開抽屜，給吉伯斯看抽屜裡一堆發票、延長線，還有小孩玩舊的塑膠玩具。吉伯斯假裝嫌棄，說：「它真的很舊，又很笨重。我倒是很喜歡這四支櫃子腳，可以拆下來裝在我的小書桌上……如果你沒用的話，要不要把這個櫃子賣給我？」

農場主人嚇一跳：「你要買這個櫃子？它不會太笨重了嗎？我可沒有力氣幫你搬，也不會幫你載到你家喔！如果你可以自己搬的話，就沒問題。那麼，你願意出多少錢買它呢？」

「嗯，當然它是很笨重啦，搬來搬去又真的很麻煩……好吧，我出五十鎊吧，大家交朋友，我吃點虧沒關係啦。」吉伯斯一面心裡盤算，這個櫃子說不定可以賣二十五萬鎊呢。「這樣吧！你把抽屜裡的雜物清一清，我去把車子開過來，你就不用幫我搬了，好不好？」吉伯斯忙著要把這個寶貝櫃子帶走，急急忙忙去開車了。

聽到家裡的舊家具居然能賣得五十鎊，農場主人太太很高興的走出來跟先生說：「唉呀，你要不要先幫忙把四支腳先鋸下來，免得他等一下搬的時候，發現櫃子實在太重，就反悔不肯買了。」

「嗯，好吧！」農莊主人覺得太太說的挺有道理，而且他又常常作木工，鋸下櫃子腳一點兒也不難。所以，他就拿起電鋸，俐落的動手了。就在他完工時，吉伯斯先生剛好也把車開過來了。

傳家小語

謊話有時能成功的騙人，有時會失敗。但就像英國政治家邱吉爾說的，我們可以短時間的欺騙某些人，但不可能長時間的欺騙所有人。英國作家羅德·達爾（Roald Dahl，1916-1990）的創作中，總是充滿形象生動的反面人物，他們引人發噱的言行舉止，總讓人在聽故事的快樂心情中，順便記下了重要的人生大道理。

故事傳承人

羅吉希，出版社編輯。讀書迷迷糊糊，生活丟三落四。喜歡簡明合理卻出人意外的好故事，對小學生能理解奇幻故事，創造有趣造句充滿好奇，所以喜歡教育哲學、教育心理學、教育社會學，以及一點點教育史學。衷心認定文學冠冕上，兒童文學是最璀璨的那顆閃亮寶石。

活字

陳昇群
· 改寫自沈括《夢溪筆談》

畢昇是北宋的雕版工匠，那時的雕版，就是現今的印刷業。首先要在設置好版面的平整土塊上，一筆一畫刻寫出左右鏡像的文字（映照在鏡子中的字體，也就是反寫字），刻好的土版，經過燒製、硬化，才可以用來印刷一頁頁的文字。

一個晴朗的日子，畢昇把幾塊剛刻好的土版搬到院子晾著，好散掉潮氣。轉身正要進屋，不巧一顆天外飛石，越過院牆，「碰」的一聲，砸到那幾塊剛完工的土版。畢昇回頭，眼看辛苦多時的心血毀了，怒火中燒，他快步追出屋外，但屋外哪還有人影！

撿起土版的碎塊，畢昇欲哭無淚，心想若是自己失手摔壞也就算了，但這是飛來橫禍啊！

繳件日期已經逼近，看來他必須熬夜工作，才可能趕上進度。身為雕版師傅，畢昇對字型的準確度及對字態的優美性，自我要求很高。他在刻寫土版時，必須維持全神貫注的狀態，才能從頭到尾，毫無失誤的刻好整塊雕版，壓力當然很大。

畢昇坐在臺階上，空地滿是碎裂的雕版土塊，字體四散斷開，如

果可以，他想用最短的時間重組回來。

嘗試著、拼湊著，正當畢昇的雙手將兩個不同的字塊無縫結合的那一刻，他整個人突然頓住不動——那一刻，他在腦中看著自己工作的過程：「埋著頭，瞇著眼睛，雕刀在土版上緩慢推移。耗時費力，就怕在這塊版面刻出個小差錯，因為出錯就得重來……」

接著，他腦中的場景一變，同樣在工坊裡，但是身邊擺滿每個會用到的刻印字模，這些刻印字模事先都已準備

好，只需選取、拼湊、排版，即使中間不小心出了錯，頂多只是換個字模罷了，再不用整版重刻……」

想像的畫面是道閃電，迅速劃過心頭，畢昇的手中仍緊緊握著那兩個碎裂的字塊，而字塊似乎在瞬間醒了，活過來了。

經過改良，畢昇發明了可移置、可換位的刻印字模，也就是「活字」，不用硬梆梆的嵌刻在一塊只能用一次的土版上。它們可以拆卸，重新活在另一篇文章上，重新印刷在另一本書冊裡。

傳家小語

畢昇的活字印刷術是劃時代的，終結了唐代開始的「雕版印刷」。活字印刷傳承文化，功不可沒，迄今一千多年仍在運用。即使是二十世紀初的打字機，也算是進化版、半機械化的活字印刷喔！雖然現代電腦列印出現，也並未完全取代紙本印刷術，畢昇的活字印刷術，是影響人類文明的了不起的發明。所以，不要怨恨意外和失敗，它們往往會催生出更好的創意，帶來超乎預期的果實呢。

故事傳承人

陳昇群，臺東大學兒童文學研究所畢業，擔任小學教師多年，所以聽故事和說故事，已經成為日常生活中的一部分。寫過且發表的作品涉獵很廣，少年小說、童話、散文，新詩，曾獲梁實秋文學獎、教育部文藝創作獎、時報文學獎、兒童文學牧笛獎、好書大家讀年度最佳少年兒童讀物獎等多種獎項。

摘瘤爺爺

湯芝萱
・改寫自《宇治拾遺物語》

很久很久以前，在一個小村莊裡，有兩位老爺爺的臉上都長了一顆大如棗的肉瘤，肉瘤長左臉的是張爺爺，他每天都笑呵呵的，就算有小娃指著問，也笑咪咪的答：「這是我的小福氣！」肉瘤長右臉的是王爺爺，他打心裡痛恨這顆肉瘤，每天唉聲嘆氣，幾乎足不出戶。

有一天天氣好，張爺爺決定去爬山。才爬上山頭，一片烏雲飄來，下起雨來，張爺爺趕緊找一個大樹洞躲雨。

「呵呵～哈哈！」

張爺爺睜大眼睛，說：「哎呀！竟睡著了！」一看外頭，天已全黑，卻有奇怪的喧鬧聲。

張爺爺爬出樹洞一看，楞住了！眼前許多滿身通紅、頭上長角的怪物，正嬉鬧、跳躍。「莫非是……鬼？」張爺爺心涼了半截。但觀察一陣子後，發現這些鬼雖然外表嚇人，卻不兇惡。才想著該怎麼辦，他就跟其中一隻鬼對上了眼。

「有人！」所有的鬼都一擁而上！「幾十年沒看見人了！」他們指指肉瘤：「這是做什麼用的？」張爺爺親切的回答：「這是我的福

氣啦！」

鬼們邀請張爺爺一起「唱歌跳舞」，張爺爺就教他們村莊裡的舞蹈和歌唱。玩到天色漸亮，張爺爺惦記張奶奶，就向鬼們告辭。有些鬼一聽就哭了：「以後誰教我們唱歌跳舞呢？」張爺爺聽了很不忍，說：「我會找時間來看你們！」

有隻鬼說：「不行！聽說人很狡猾，你要留信物給我們，看是眼睛、鼻子、嘴巴都行！」「拿走他的福氣吧！人沒有福氣活不了！」鬼一句話還沒說完，已經把肉瘤取在手中。「明天晚上再還你！」

　　回村莊後，每個人看見張爺爺都大吃一驚，紛紛追問。這件事很快就傳到王爺爺耳裡，他雖然半信半疑，還是爬上小山、躲進樹洞，一直等到深夜。

　　果然到了半夜，外面喧鬧不已。王爺爺走出樹洞一看，鬼們張牙舞爪的模樣簡直嚇走他半條命，因為腳軟摔了一跤。

　　鬼們立刻察覺，把抖個不停的王爺爺拖到中間。「快唱歌、跳舞吧！」對鬼來說，大概人都長得一樣，難怪會認錯！

王爺爺只好鼓起勇氣邊唱邊跳，但唱得不成調，跳得也不像樣，因為他不唱歌、不跳舞很久了！

鬼們看了都很失望：「怎麼跟昨天不一樣！」有個小鬼說：「一定是因為沒了福氣。」

鬼們把張爺爺的肉瘤黏回王爺爺的臉上。等王爺爺會意過來，一摸臉上竟然有兩顆瘤，不禁暈了過去……

傳家小語

這個故事改編自十三世紀日本古典故事《宇治拾遺物語》。原典強調的是「不要羨慕別人」，但我更想告訴小朋友的是，不要因為不滿意自己的外表而自怨自艾，若能抱持樂觀的心態好好過日子，好事就會發生！

故事傳承人

湯芝萱，筆名貓米亞，現任《國語日報》副刊組組長，曾編輯《國語日報》科學版、兒童版、藝術版、少年文藝版、生活版及星期天書房版。著作散見於《中國時報》、《聯合報》、《中央日報》等。著有《放學後衝蝦米？》、《Run！災害應變小英雄》（以上獲新聞局中小學生讀物選介）、《叢林求生大作戰》、《荒島求生大作戰》等。

不淋一人

謝鴻文・改寫自《碧巖錄》

深山裡有一間寺廟，廟裡住著一位老師父，老師父有三個徒弟。

一個涼風習習的黃昏，一陣一陣的風吹著樟樹下的三個徒弟，他們正開心的聊天喝茶。

大徒弟突然問其他兩位師弟一句詩：「昨天我讀到一句詩：『綿綿陰雨兩人行，奈何天不淋一人。』你們說說看，這是什麼意思？」

二徒弟馬上回答說：「既然天不淋一人，可見他們其中有一個人沒有拿雨傘。」

小徒弟反駁道：「我想這場雨應該是局部陣雨，可能是有一個人走在屋簷下的走廊，一個人走在外面的關係吧。嗯，他們可能是一對情侶，剛剛吵完架。」

老師父不知道什麼時候悄悄來到他們身後，笑瞇了眼，咳了一聲後說：「為什麼你們聽到『不淋一人』，就只想到有淋到一個人呢？」

小徒弟若有所思的接腔：「師父您的意思是說，『不淋一人』指的是淋到兩個人，也就是兩個人都淋到雨嗎？」

二徒弟頓時也悟出什麼道理，開心的大笑：「哈哈哈！我們剛才

都太執著於一個想法，就會忽略另外的涵義；每一件事物不能只看到一面，就亂下判斷，我剛才怎麼會沒想清楚呢？」

大徒弟也說：「文字雖然表達出真理，可是真理有時候卻不在字面上，只專注在文字上是無法參透真理的喔！」

小徒弟不好意思的笑著說：「呵呵！我們剛才就是被字面上的意思所騙了。這麼說來，那兩個人應該不是一對剛吵完架的情侶，而是都沒帶傘的落湯雞囉！」

話才說完，忽然出現兩隻渾身溼淋淋的雞，正朝著老師父和他的徒弟們而來。

公雞氣呼呼跟母雞說：「真奇怪了，山的東邊有下雨，回到這邊卻沒下雨，害我們都被淋成落湯雞。」

母雞也抱怨著：「叫你別去那裡散步，你硬要我陪你去。」

母雞走近樹下，看見老師父和三個徒弟對著牠們微笑，轉頭跟公雞說：「你看，他們一定在笑我們是落湯雞！」

公雞覺得很丟臉，全身溼答答的模樣，一點也不帥氣。牠帶著母雞，慌慌張張的逃離。

小徒弟看完這有趣的景象，調皮的把剛才的詩句改編後念出：「綿綿陰雨兩雞行，奈何天不淋一雞。」

傳家小語

中國古代佛教禪宗有許多這類充滿機智、幽默和大智慧的小故事。一句「不淋一人」，從字面上竟然就能解讀出不同的想法，可見人不能太過於執著、固執的認為自己所思、所想、所見的就是真理。看待任何事，也是同樣的道理，千萬不能只看到事物的一面，就亂下判斷。

我們眼睛看見的事物表象背後，還藏著許多不被看見的事物，如果不用心，腦袋不能靈活，就永遠也看不見真理了。

故事傳承人

謝鴻文，現任 FunSpace 樂思空間實驗教育團體教師、SHOW 影劇團藝術總監、林鍾隆兒童文學推廣工作室執行長，亦為臺灣極少數的兒童劇評人。

曾獲亞洲兒童文學大會論文獎、日本大阪國際兒童文學館研究獎金、九歌現代少兒文學獎、香港青年文學獎、冰心兒童文學新作獎等獎項。著有《雨耳朵》、《不說成語王國》等書，另主編有《九歌一〇七年童話選》等書。擔任過《何處是我家》等兒童劇編導，《蠻牛傳奇》等兒童劇編劇。

壁虎的故事

陳正治
・改寫自口傳故事

從前在一間木屋的天花板裡，住著一家壁虎。有一天，壁虎爸爸正在睡午睡，突然叮叮咚咚的聲音響起，天花板一陣搖動。

「地震嗎？」壁虎爸爸正要爬起來，忽然左腳傳來一陣劇痛。

「唉唷！」壁虎爸爸哀叫一聲，壁虎媽媽立刻爬過來。

「啊！一支鐵釘穿透你的左腳了！」

壁虎媽媽要拉起壁虎爸爸，壁虎爸爸大叫：「不行不行，你一拉，我的腳痛死了。」

「你轉轉腳，看看能不能脫離釘子？」

壁虎爸爸試了一下，又哀叫了一聲。

「我看我完了，這一生別想脫離這根鐵釘了。」壁虎爸爸悲傷的說。

壁虎媽媽招來小壁虎，對他們說：「你們爸爸被鐵釘釘住了，你們有什麼法子救他？」

五隻小壁虎看了看釘在爸爸腳上的釘子，想了好久都搖搖頭。

壁虎媽媽說：「我在這兒守護你們爸爸，你們出去請問人家有什

麼方法救他。」

五隻小壁虎走後，壁虎媽媽陪在壁虎爸爸身旁，並照顧他的吃喝。

隔了些時間，去找法子的四隻小壁虎，陸續回來了。他們都說請教了好多動物，大家都說沒辦法。

過了十年，第五隻小壁虎回來了。他對爸媽說：「一位算命先生說爸爸有十年的災難，滿十年後，自然可以解脫。」

剛說完話，天花板下傳來叮叮咚咚的聲音，接著釘著壁虎爸爸的那塊天花板掉落下去。

「砰」一聲，一群壁虎都掉落地面。

「天花板上怎麼有那麼多壁虎呢？」敲落天花板的人驚叫著。

「大家快來看呵！一群壁虎保護著一隻被釘子釘住的壁虎呢！」

屋主一叫，屋內的人都湧過來。

「孩子們，你們快跑開，這兒由媽照顧，免得我們被人一網打盡。」壁虎媽媽說。

沒有一隻壁虎跑開，大家圍著壁虎爸爸。

屋主說：「天啊，這隻壁虎腳上的釘子是我十年前修理天花板時釘上去的，他居然可

以活到現在。」

「圍在他身旁的，可能是他的太太、孩子或孫子吧？你們看，他一有難，全家都不離不棄的照顧他，多麼令人感動呢。」屋主的太太紅著眼睛說。

「爸，壁虎會吃蚊子，趕快救救壁虎吧。」圍過來的一個小孩說。

屋主拿起工具，小心的從天花板下把鐵釘拔起。被釘住的壁虎自由了，一群壁虎圍過去，慢慢的往牆壁移去。屋內的人，含著眼淚看著這群壁虎慢慢的、安全的爬上牆去。

傳家小語

多年前，我從同事那兒聽到這個故事，它就一直深入我的心中。它提醒我，要關心父母、兄弟、兒女甚至陌生人，當他們有困難的時候，在我的能力所及，都應該即時伸出援手。

我把這個故事寫出來，希望更多小朋友看到後，不要忽略親情的重要和應負的責任。

故事傳承人

陳正治，曾任臺北市立大學中語系教授兼系主任；政治大學中文系、教育系及文化大學中文系兼任教授。現已退休，專事寫作。

出版有童話《房屋中的國王》、《新猴王》、《貓頭鷹的預言》、《老鷹爸爸》等，童詩《山喜歡交朋友》、《大樓換新裝》，語文類《有趣的中國文字》、《揮別錯別字》、《兒童詩寫作研究》、《童話寫作研究》、《修辭學》等作品，是大學教授裡的兒童文學作家。

勇敢的膽小鬼

徐國能 · 改寫自《史記》

戰國時代的趙國，北方是草原和沙漠，趙國的邊境，經常被強悍的遊牧民族——匈奴，攻打、劫掠。匈奴戰士善於騎馬射箭，力氣奇大無比，趙國瘦弱的軍隊完全不是對手，人民只好紛紛往南方逃難。趙王每天擔心，不知怎麼辦才好。有人推薦李牧精通兵法，也許可以讓他來抵抗匈奴，趙王勉為其難，答應讓李牧試一試。

李牧一到前線，就要求士兵在地勢較高的地方修築很多碉堡，並且每天殺牛宰羊讓士兵吃個飽，同時很細心的指導他們武藝。慢慢的，士兵身體強壯起來，對於騎馬射箭、舞刀刺槍，都非常精熟。

李牧另一個策略是鼓勵通商，透過商人將南方的布帛、糖鹽等民生用品賣往北方，並透過這些商人來打探匈奴內部的消息，確實掌握了匈奴軍隊的動態：敵人來了，李牧就撤退；敵人走了，李牧就率軍回來。幾年下來，沒有大規模的戰爭爆發，北方邊境人民愈來愈多，很多人都自願加入李牧的軍隊。李牧透過農耕、畜牧、通商，不花國家一毛錢，就建立起一支龐大的邊塞軍。

只是說也奇怪，有這麼多精良的軍隊，但是每次匈奴騎兵來劫掠，李牧就命令士兵躲在碉堡中不可出戰，任由敵人搶走草原上的牛羊。幾年下來，匈奴士兵都稱李牧為「膽小鬼」。趙王知道了，非常生氣。李牧告訴趙王，對付強大的敵人，要有耐心，總有一天他會打敗匈奴的。

有一天，李牧得到消息，匈奴的騎兵小隊又想來劫掠，於是他就放出幾萬匹牛羊，當匈奴騎兵來到草原上，看到漫山遍野的牲口，又三兩下就打跑了「膽小鬼」的防守軍，他們非常高興，一面通知大王派更多人馬來接收牛羊，一方面想要乘勝追擊，抓住這個「膽小鬼」。

沒想到，當匈奴單于率領十萬人馬浩浩蕩蕩來到山谷，李牧的精兵卻從碉堡中殺出，另外幾隊埋伏在山谷中的軍馬也一起衝出來。李牧一馬當先，士兵也都驍勇善戰，箭無虛發，匈奴單于無法抵擋，只能丟下他的軍隊往北方逃走。李牧已經完全了解大漠的地理和形勢，一路追擊，沿途打敗了

好幾個支持匈奴的國家，威震北方。後來幾十年間，匈奴都不敢接近趙國北方，聽到李牧的名字，再也沒有人敢說他是膽小鬼了。

傳家小語

司馬遷的《史記》中記載了不少李牧的事蹟。李牧足智多謀，在對抗匈奴騎兵的草原戰爭中，他充分發揮了「知己知彼」、「小不忍則亂大謀」、「誘敵深入」等戰略。他做事不求一步登天，而是有計畫、有目標、從基本慢慢做起，水到渠成便能獲取最後的勝利。無論在做人的性格或是做事的方法上，李牧都是值得學習的對象。

故事傳承人

徐國能，臺灣師範大學博士，目前為臺灣師範大學國文系教授。曾獲《聯合報》、《中國時報》等文學獎。著有散文集《第九味》、《煮字為藥》、《綠櫻桃》等，童書：《文字魔法師》、《字從哪裡來》等。

葉子的對話

周姚萍

・改寫自菲利斯・沙頓（奧）《小鹿斑比》

草原邊上，有棵光禿禿的大橡樹；它往天空高高伸展的枝椏末端，有一大一小兩片葉子正緊緊依偎著。

「我們幾乎是唯一的倖存者。」小葉子輕顫著聲音說。

「現在雖然陽光普照，但隨時可能起風下雨，我們也可能隨風雨落地。」大葉子沉吟著。

「聽說我們離開了枝幹，會有其他的樹葉來取代，在他們之後，還會有新的葉子萌生。你說，這是真的嗎？」小葉子問。

「我想是真的。」大葉子回答道。

「我們落下去後，會有什麼遭遇呢？」

「我不知道。」

「那我們會有感覺嗎？」

「誰曉得呢？沒有一片掉落的葉子，可以回來告訴我們關於離開枝幹後的一切。」

小葉子想起，之前有片樹葉被吹落時，淒厲的喊著：「大地黑洞洞的嘴巴要吞了我呀！」

回想起這景象，令小葉子益發感到恐懼和悲傷了，感嘆著：

「為什麼我們一定要落下去呢？為什麼……」

大葉子輕輕的對他說：「不管我們離開枝幹後會去哪裡？有沒有感覺？我都告訴自己，這些日子以來，我享受過陽光的燦爛、露水的甘美、微風的輕暢……這些，多麼美好！能擁有充滿生命力的時光，真是太美好了！」

「不過，比較之下，現在就太可怕了！天色暗了，花草枯了，風冷了，夜晚也長了。我，也變了。我的樣子是不是變很多？」

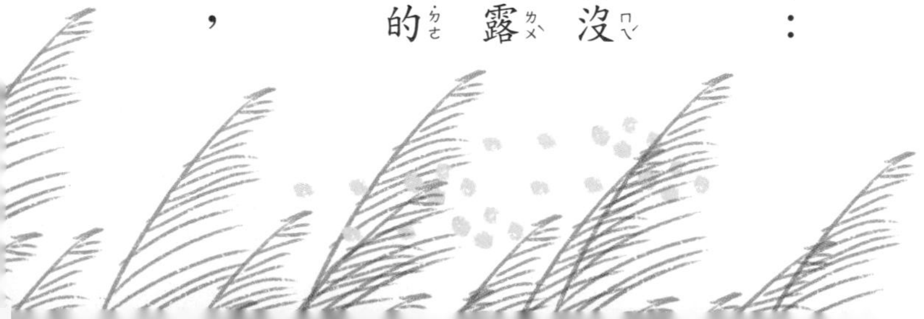

「不，你不像我變得又黑又黃。你的身上只有小小的黃斑，依然很漂亮。」

小葉子搖搖頭說：「我不完全相信你，但我很感激你。」

「感激！是的，我就是懷抱著感激之心，感激著曾擁有的一切，就算我變得又黑又黃，依然想笑著迎接一切，包括離開枝椏的那一刻，我想大地會溫柔的擁我入懷，只要我笑著……」

大葉子這些話讓小葉子很驚訝。過了一會兒，他衷心的對大葉子說：「跟你在一起，總教我心安。我希望能與你一起離開枝幹。」

「不，有許多事，往往要自己面對。你得自己決定如何面對現在與未來。」

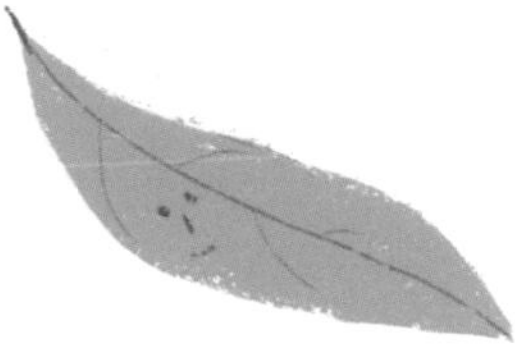

「是嗎？自己決定？自己面對？」

「是的！自己決定！自己面對！」

不久，一陣寒冷而凌厲的風自樹頂吹過。

「我該離開了……」大葉子微笑著，被風吹離枝椏，打著旋兒落下去。

「等等！」小葉子喊著，看到大葉子笑著，被大地輕擁入懷。

冬天，已經來到！不過，春天也不遠了……

傳家小語

大葉子與小葉子在面對自然消長時，儘管都免不了恐懼，卻展現出對比的態度。大葉子樂觀，小葉子悲觀；大葉子勇敢的選擇與面對；小葉子卻突破不了自己，只想依附他人。然而，誠如大葉子對小葉子說的：「你得自己決定如何面對現在與未來。」每個人，人生的每一步，以及踏步時的心態，都得自己選擇、決定，並且全然面對。

故事傳承人

周姚萍，兒童文學工作者，創作少兒小說、童話、繪本文本。著有《日落臺北城》、《臺灣小兵造飛機》、《山城之夏》、《我的名字叫希望》、《守護寶地大作戰》、《翻轉！假期！》等少兒小說；《妖精老屋》、《魔法豬鼻子》、《大巨人普普》等童話。繪本作品則有《鐘聲喚醒的故事》、《想不到妖怪鎮》等。

創作童書曾獲行政院新聞局金鼎獎優良圖書推薦獎、聯合報讀書人最佳童書獎、幼獅青少年文學獎、九歌年度童話獎、好書大家讀年度最佳少年兒童讀物獎等獎項。

國家圖書館出版品預行編目 (CIP) 資料

100 個傳家故事 : 快樂王子不快樂 / 林武憲等合著 ; 兒童島繪 . -- 初版 . -- 新北市 : 字畝文化出版 : 遠足文化發行 , 2019.06
面 ; 公分
ISBN 978-957-8423-88-6(平裝)
863.59 108007300

Story 016

100個傳家故事 快樂王子不快樂

作者｜林武憲、陳木城、管家琪、劉思源、王文華
施養慧、許榮哲、洪淑苓、陳素宜等 合著
繪者｜KIDISLAND兒童島

字畝文化創意有限公司
社長兼總編輯｜馮季眉
責任編輯｜洪 絹
封面設計｜蕭雅慧
內頁設計｜張簡至真

出 版｜字畝文化／遠足文化事業股份有限公司
發 行｜遠足文化事業股份有限公司（讀書共和國出版集團）
地 址｜231 新北市新店區民權路 108-2 號 9 樓
電 話｜(02)2218-1417
傳 真｜(02)8667-1065
客服信箱｜service@bookrep.com.tw
網路書店｜www.bookrep.com.tw
團體訂購請洽業務部 (02) 2218-1417 分機 1124

法律顧問｜華洋法律事務所 蘇文生律師
印 製｜中原造像股份有限公司

2019 年 6 月 12 日 初版一刷
2024 年 8 月 初版六刷
ISBN 978-957-8423-88-6 書號：XBSY0016 定價：320 元